UN DÍA U OTRO ACABARÉ DE LEGIONARIO

Jaume Pomar

Un día u otro acabaré de legionario
y otros relatos

Traducción del propio autor

Prólogo de Guillem Frontera
Epílogo de Juan Pedro Quiñonero

CALAMBUR **NARRATIVA,** 46
MADRID, 2009

Un prólogo (?) en el cual se riñe al autor

Por Guillem Frontera

La relectura de este libro confirma al lector en unas impresiones que, sin duda, compartirá quien por primera vez se adentre en las páginas de los tres relatos (bueno, designadlos a vuestro gusto: relatos, cuentos, narraciones, *nouvelles...)*. Estas impresiones no son demasiado halagüeñas para el autor, porque la lectura —o la relectura, como es ahora mi caso— induce minuto tras minuto a pedirle responsabilidades por todo lo que no ha hecho —también de algunas cosas que ha hecho, pero éste es ya otro asunto—, o sea por todo aquello que no ha escrito, siempre más allá, como ya se habrá entendido, de la parte de responsabilidad que puede transferirse a la cuenta del país, de la historia y otras miserias. Cierto es que el país —y la historia, etcétera—, cuando te pone la proa encima, te lo pone muy difícil. Ahora bien: siempre te deja un resquicio por donde uno puede levantar cabeza. Nadie dice que sea fácil. En general, sólo a los estúpidos les resulta fácil escribir.

No a Jaume Pomar. Pero ¿por qué tenemos una tan acusada tentación de pedirle responsabilidades por las páginas en blanco que, hasta el momento, ha dejado en esta vida? No se las podríamos pedir a... (ya nos entendemos: que cada cual escriba aquí los nombres de sus particulares pesadillas). Pero las razones por las cuales Jaume Pomar no tiene derecho a sentirse libre de pecado —ni a tirar la primera piedra— son las de la parábola evangélica de los denarios. Su capital brilla tanto que deslumbra. Ahora mismo lo comprobará el lector de este libro, en el cual Pomar responde con buen fuelle a las mejores expectativas.

Su dominio de un variado catálogo de registros narrativos es un hecho que, a mi entender, le sitúa al frente de la narrativa —imaginaria, claro está— de su generación. El primer relato es una exhibición de habilidades en el uso del monólogo interior que no tiene parangón en nuestro panorama —siempre, se entiende, en el que este servidor conoce de nuestro panorama—. En él se nos cuenta una historia de amor-odio, de amor-rabia, que comienza en el momento que el protagonista, un camello hijo de camella que nadie admitiría como prometido de su hija, baja por un cañón de zinc hasta donde su ex vive la escena ritual que la equipara a las futuras buenas burguesas de la tierra. Y acaba, después de apurar el cáliz de hiel, poco antes de caer en manos de la bofia, o esto se nos induce a pensar al menos. Entre estos dos momentos, desfilan instantáneas de unas vidas que se agitan en burdeles y casas solariegas, pero con las cartas marcadas: unos se encuentran en el infierno de visita, otros nunca tendrán oportunidad alguna de salir de él. El fulgurante desfile de imágenes que cruza los umbrales de nuestra conciencia es una verdadera exhibición de recursos narrativos, de capacidades literarias. Como en los otros relatos, el lector familiarizado con determinadas páginas de nuestra literatura gozará doblemente de una lectura llena de referencias, de agudezas privadas y de homenajes a los maestros del autor: entre líneas asoman los perfiles de Llorenç Villalonga —a menudo—, Jaume Vidal Alcover, Blai Bonet, Josep M. Llompart; también él mismo, en auto alusiones cargadas de amarga ironía, de sarcasmo expiatorio. Y, si se me permite una apuesta, yo diría que por encima de todo —más bien por debajo, bien mirado— se detecta la presencia a pecho abierto y benigna de un autor camusiano en el mejor sentido de la palabra —si es que puede haber camusianos de verdad en el peor sentido de la palabra—. ¿Por qué el prologuista invoca a Camus? Porque en estos escritos, sobre todo en el primero, se nos cuenta —mejor, se nos inyecta— que se hacen las cosas porque se está vivo. Hay un profundo parentesco entre el Choco de *Un día u otro acabaré de legionario* y aquel extranjero que mata a un hombre en la playa sólo porque el sol le da en el rostro. El personaje creado por Pomar tiene razones más explícitas; pero no son suficientes, ni siquiera son las mejores que podría aducir.

¿Podríamos hablar del carácter *experimental* de *Un día u otro acabaré de legionario?* Tal vez sí, pero se nos ha hecho demasiado tarde y nos coge a trasmano. Es tarde y quiere llover *(és tard i vol ploure),* como decimos en Mallorca. Lo único realmente experimental es el injerto de la sensibilidad en el tronco de la inteligencia. Más allá, suele haber solamente mucha labia en vano, cuarteradas y más cuarteradas de cháchara farragosa. Pero, por si acaso, conviene advertir al lector del tono más mesurado que el autor adoptará en el segundo relato y que, en el tercero, se acogerá a unos *convencionalismos* narrativos de talla grande. Ante una narración como la de *Adulterio en Mosafat,* cabe añadir al solamente insinuado inventario de sus parientes en la literatura, un nombre nuevo que aparece bajo palio invisible: mosén Salvador Galmés, que según parece, seguramente desde otra perspectiva, habría arado los surcos primeros, anticipándose en el hecho de sembrar y cultivar la tierra de las palabras. Está claro que Pomar, como no podría ser de otro modo —quien le conozca podrá dar testimonio fehaciente de ello—, no coincide con el mosén en la programación de los cultivos. Todo lo contrario, uno diría que, en la familiaridad lírica de Galmés, a Pomar le sienta bien la blasfemia, incluso la blasfemia sacrílega: ¿conoce mejor el mundo? No entremos en ello: lo conoce también de otra manera. Pero tienen en común, Galmés y Pomar, un oído muy fino, que detecta los rumores del virazón de la tierra y el aroma de sus sardas. No deja de ser curioso —diríamos que obligado, seguramente inevitable— el ejercicio de extrapolación de personajes y ambientes de un autor al otro y, como es natural, viceversa.

Pero no es éste el único ejercicio sugestivo que nos propone la lectura de los tres relatos. Saltándome cualquier forma de pudibundez, me confesaría reiteradamente tentado a buscar puntos de encuentro —los otros puntos son demasiado obvios— entre la protagonista de *Adulterio en Mosafat* y Emma Bovary. No me consideraré agraviado por los comentarios vejatorios que pueda provocar esta digamos —ahora se dice mucho— propuesta. Pero no se me hace cuesta arriba imaginarlas conversando, intercambiándose secretos inconfesables, siempre que tuviesen la garantía absoluta de saber que estas confidencias nunca llegarían a hacerse públicas. Me conformaría, por ahora, diciendo que esta mujer mallorquina es una Bovary imposible: en Mallorca no se dan las condiciones climáticas adecuadas para que puedan medrar y salir a flote las emmas. Ni las condiciones sociales, sobre todo: ¿quién habría podido deslumbrarla hasta el extremo de convertirla en una perdularia?

Este libro, como decía o quería decir antes, es, en resumen, un muestrario, el anticipo de una obra narrativa en la cual faltan centenares de páginas. El autor nos las ha escatimado sin escrúpulos. O esto nos asegura el ISBN. Sería muy largo averiguar las razones más profundas de este exilio. Y el resultado muy posiblemente sería escandaloso. Por lo menos, turbio o abrupto. Pero lo pasado, pasado está, y lo mejor, como suele decirse, aún está por llegar. Jaume Pomar, en el momento presente, no puede invocar ninguna coartada presentable para convencernos de que no tiene sentido desarrollar una obra narrativa para la cual nos ha mostrado unas herramientas de eficacia inigualada en nuestra parroquia. Ni siquiera podría convencer a nadie con el argumento de obligarse a dedicar más tiempo a la poesía. Diríamos, simplemente, y a la vista de esta primera incursión en prosa narrativa, que no tiene ninguna excusa. Además, a su edad ya no son necesarios los estímulos externos, por más que uno se empeñe en arrastrar como sea vestigios de adolescencia. Ahora, para Pomar, escribir debería ser ya una cuestión de sentido común. Y si no lo cree, desde estas líneas se le invita a releerse.

Palma, octubre de 2000

Un día u otro acabaré de legionario

He saltado de un tejado más alto a otro más bajo y me he deslizado por un cañón de zinc. Ahora en las manos tengo escozor y en la boca dentera. Poca cosa, porque ellos pensarán que les tocó la negra con pedo de fraile o que el mundo se hunde. Yo paso de este asunto, de la putita delicada y del profesor. Les tengo aquí, en la entrepierna. Me dorarán la píldora. A mí. Pero no dejaré que se burlen, hasta ahí podíamos llegar. Al Choco no le toman el pelo ni en contubernio. La lumi pensará que me como el marrón, y el otro que se la folla por la cara. Suplicarán en vano, porque a mí no me la dan con hostias como panes. Ya no comulgo, yo, con ruedas de molino. Y con tanta piedra, alguien va a lastimarse. De fijo. Hasta ayer, como quien dice, la tenía en mi cama, siempre pidiendo más. Amorrada como una lapa a mi caballo, a mi carajo y a su chorro dorado, mamándome el gallo cada tres veces quince. Mi reina y mi esclava. De repente dice que va al estanco a por tabaco de pipa, y si te he visto no me acuerdo, corazón. Y que te den mucho por culo. Rulé, rulé. La muy zorra aún no sabe con quién se la juega. Y a rastras, escondido, las tejas rotas, con el hollín de las chimeneas deslizadizas como el tocino. Muy mala cosa. Lástima de tejanos para ir de visita, que ahora mismo crujían recién estrenados. Ruedan tejas y cascos, para colmo de males. Lo que faltaba para el duro de plata. Desde la calle, alguien levantará la vista hacia paralelas de cielo y le lloverán pedradas. La chimenea no, ya me parecía a mí que iba a quedarme estrecha. Más allá, hacia el mar, las jamonas de tejado recogen la ropa blanca. Parece que va a llover y quieren protegerla de los pecados del mundo. Si tu madre te hubiese puesto a tiempo el bocado, ahora otro gallo te cantara. Qué placer habría sido entrar por la chimenea, surgir de las cenizas y de las llamas. Que tus acais dicasen lo que soy: un alma en pena. Pero no, el instrumento que echa humo no le sienta bien a una percha como la mía. Mejor así: salva el cuello el gallo de la veleta, tan chulo y fachenda aunque por las mañanas no te haga el quiquiriquí. Que no se lo retuerzo. El gallo ha sido venturoso; por lo que a ti respecta, ya veremos, porque entraré con todos los cojones por el patio de luces. Y si se rompen otras cosas, amiga paciencia. Mala suerte, pequeña. Será un salto olímpico y deportivo, comparable al que tú diste para puentearme y ningunearme. Y como si lo viera, el canguelo será de los que marcan época. Ella se meará en las braguitas y a él va a darle cagalera, con los cagurcios y las cagarrutas bajando por cada pernera del pantalón. Sus huevos de conejo. Los dos volverán a ser pequeñitos, como cuando no habían aprendido a cometer maldades, todavía. Ésta se creía que iba a jugar conmigo al escondite, y al final envidaremos al todo o nada. A vida o muerte. Y el otro, ¿cómo no se le viene abajo la cara de vergüenza y cómo osa tocar un tronco que aún tiene la huella de mis manos y el olor de mi cuerpo? Aquí todo se confunde por momentos, Choco, si tú no pones orden. Tu orden de chorizo y delincuente habitual, con injertos de perro cruzado mil leches, más limpio que la moral de los que sólo se peinan. Será un desastre. De ésta me llevarán otra vez a la cosqui, con la ayuda del rigor y los barandas. Me van a enchironar de nuevo, pero ellos dos se acordarán de mí toda su puta vida, cada vez que respiren. Tú preparado: la achuri y las fuscas con el seguro puesto en los bolsillos. Y si el mono sabio osa decir aquí estoy, allí estaremos todos. Le llenaré de plomo la barrigota de manso lechonazo y le baldaré los tobillos con las puntas de mis botas. Sabrá con quién se juega los papiris. Te va a enseñar, el Choco, profesorcito llegado de América. Te han dicho que todo el monte es orégano y tú te lo has creído. Como si lo viera, con cuatro duros en el bolsillo, algo de tiempo que perder y entrecana la barba, pensará que suplanta al padre de Virtudes y que resulta fetén en su papel de progenitor incestuoso. Que quien te puso este nombre te conocería por el coño, guapa. Y el padre de la putaña, el que la engendró flipado una noche de fandango, vaya otro ful. Por una vez que intenté ser legal. El barbalón, a la orilla del teléfono, se me subió a las barbas. Me tomaba a chirigota. A mí, al Choco. Ya ni sé de qué me sirve el cartel tan torero que me hice en la ciudad, cuando un espantapájaros que va de presidente de todos los consejos de administración del mundo me pone a parir por unas miserables quinientas mil pesetas. Medio kilo, cojones. Destinado al flay y al caballo de la hija, que los debe de cuando andaba a gatas, leche, voto a Satanás. Yo no habría catado con sus dindines ni la gracia de Dios. Bato miserable. Bramaba como un garañón en la otra orilla del teléfono y me desafiaba con todos sus reaños. «¿Medio millón? Ni dos reales te doy, por ella. ¿Que la has raptado, dices? Pues te la puedes quedar. ¡Que te la comas, he dicho!». Y me colgó el teléfono. Yo buscaba una pirona para atasabarle. Negociantes a mí. Raza de estraperlistas, de explotadores y de contrabandistas. Estirpe de *saltataulells* y después tenderos, que con los años han ganado categoría y ahora presiden sociedades e instituciones. ¡Cachorros del dinero negro hasta la oscuridad de los bajos del petróleo! El Choco es demasiado hombre para tu hija, a cojones vistos, macho. Y después, sólo por tu culpa, todo se lió con el lío liado que no te gustó nada. El muy católico, el hijo de la gran puta. Comerciante al por mayor y tahúr de bolsa, me vino con las rebajas, como el tío Paco. Y la otra, que no en vano es hija suya, hale, de Virtudes y de Carmen de España. Con la chirla en la liga y la escopeta de cañones recortados, como un trabuco, pasó al asalto de viejecitas a la salida de las iglesias después de la misa vespertina. He aquí la *crème de la crème* sobre esta tierra. ¡Vergüenza grande, señoras, caballeros y *mon amour!* Semejantes triquiñuelas son impropias del hijo de mi madre. Y precisaría regresar a su coño y volver a nacer, para entenderlo. Mientras tanto, no como mierda, yo. Hago un colador con la piel de un alcahuete o un macarra y le corto la picha condenada, le dejo sin pijo cuando conviene. O agarro a un baranda de los que han metido la pata y se la han ganado y, en callejón estrecho y sin salida, le saco la hiel y le hago escupir los pulmones negros por la boca. Pero jamás he tenido corazón para embestir a un indefenso. Y para ella, hembra insegura y cobarde, clítoris poderoso y dominante, coño insaciable, caer en manos de la Lupia fue como precipitarse en un abismo. La Lupia, que durante tanto tiempo corrió tras de mí. Delante y detrás, siempre al acecho. Total, para ir a parar, finalmente, en la otra orilla. Con las que comen coca y mejorana, las que les va la tortilla y otras hierbas. Un día pasaré cuentas con aquella vulpe frenética y degenerada. La rajaré desde el coño hasta la boca, le pondré la cara como un mapa. Entre sus dos orejas dibujaré caminos de sangre. Los pintaré a corte de navaja. Le cortaré el clítoris y se lo meteré en la boca, igual que una colilla ensangrentada. La vampira se amorró al coño de Virtudes que, desde entonces, no ha vuelto a ser la misma. Después, hala, el Bonnie and Clyde de chorizas tortilleras. Empezaron con la sirla en un bar, continuaron con una tienda de ropa adlib y, finalmente, envalentonadas por el éxito, la emprendieron con un banco. Pensarían que todo era ir haciendo, como un asno cuescos, soplar en la caña y hacer pompas. Pero tropezaron con el sorna y con la lama y se les cayó el pelo. El de arriba y el de abajo. La pelusilla de las piernas y la pelambrera de la patata. La moma de la Lupia sin duda creyó que todo iba a ser comer y comer, un banquete de vulva peluda. Y al caminar con las sombras de bofias y perdigueros detrás, comprendió que todo tiene su precio. Con la pestañí encontró lo que no esperaba: leña mucha y látigo sobre la piel fina. En el cosqui la hicieron toda una mujer: le hincharon las pantorrillas a vergajazos de nervio de buey hasta que se declaró culpable. Y la otra, naturalmente, se salió de rosas. Claro, tenía patente de corso. La dieron por menor, por enferma de los nervios y creo que también por retrasada mental. Alivios y rigores, barandas y matasanos de la teja, todos pusieron cara de aquí no ha pasado nada. Lo recuerdo muy bien porque durante aquellos días Agustín, que iba por el mundo cabreado como un chimpancé, metió a todos el miedo en el cuerpo. Incluso los mejores, los que jamás se achantaron, iban con los cojones en la boca. A fuerza de sacar y meter la placa, empezaba a tenerla desgastada. Y la pipa en el calcetín de hilo escocés era como el diablo, que ya no asusta a nadie. Por ello resultó veneno puro el problema con el Rubio y con la Carmela. Cansados de pagar gabelas y alodios con los cuerpos de sus mujeres, todos los chulos, arlotes y proxenetas del Barrio se conjuraron para terminar de una vez por todas con el bienio negro y ominoso de Agustín. Le pinchaban las ruedas del Mercedes vinoso y dejaban en el parabrisas billetitos anónimos y amenazadores. Algo así como: «TUS HORAS ESTÁN CONTADAS». Y el otro, cada vez más empecinado, como la vieja del sombrero llamada Capellot, cuando menos se lo esperaban lanzaba el sombrero al viento y la armaba por todo lo alto. Registraba burdeles de prestigio en horas punta y hacía desfilar en procesión a clientes y profesionales, todo revuelto y en pelota picada, hasta el coche celular. Cuando Agustín entraba en Casa Vallés, aquella nariz historiada iba de boca en boca por las mesas más reputadas. Se llenaba la sala de comentarios y los más mojigatos decían en voz baja que nunca la había hecho servir para sonarse, como correspondía. Los más indignados, sin embargo, y algunos violentos, se definían partidarios de chafársela sin remisión. Y sin reparos. Andaba el corral alborotado. Y la nariz de Agustín cobraba prestigio y protagonismo, chupaba cámara ante los ojos del puterío, se confundía con el paisaje interior y amenizaba el espectáculo. Cutre en resumen, al fin y al cabo. Cabe decir, de su nariz, que había alcanzado un tamaño favorecido, respetable, con personalidad propia y marca de procedencia, decía él, con un deje borbónico, y que por este motivo había sido perdiguero antes que bofia. Cuando la bribonada al copo cagaba leches, Agustín y su nariz provocaban comentarios en voz alta. El despelote. Y él ponía gesto adusto de no perder una y estar al loro. He aquí por qué los otros pies planos se sentían más cómodos en el cabaret cuando Agustín brillaba por su ausencia, sin duda el más deslumbrante de sus valores. Entonces, sí, primaba la colaboración sobre la resistencia. Las mujeres, al menos, respiraban tranquilas. Nadie es imprescindible, pero a veces con uno menos todo va mucho mejor. Al verle entrar, era la catalana quien precipitaba los hechos: le besaba la mejilla con fingido respeto y en voz alta exclamaba: «¡La nariz!». Pasaba de mesa en mesa la consigna, con rumor constante y creciente: «La montaña en la cara», «los capirotes en punta de todos los nazarenos», «la pirámide de Keops en carne humana». Y Carmela, en el escenario, entonaba el cuplé de Tutankamón, faraónico, babilónico, macarrónico. La lumi llegó a proclamar que le nombraría mister feo si prometía romper todos los espejos y renunciar para siempre a la cirugía estética. Aquella noche fue cuando Agustín se encoñó con ella y armó el cirio. El pollo la abordó en la barra de alterne, con malos modos y estilo prepotente. En su mirada de fuego negro y turbio latía una amenaza que acojonaba. Cuando lo supe, se las canté claras, yo: «A partir de ahora paso de ti, sandungo, antes prefiero llevar detrás de mí o sobre la espalda a todos los julais de la isla que volver a servirte de contacto». Me miraba con ojos de carnero, en actitud de perdonarme la vida, pero yo no me achanté. «No vuelvas a acercarte a mi vera si no es con una orden de rigor o baranda, por tu bien te lo digo». ¿Por qué coño pienso en todo aquello, ahora que llueve y me pongo negro con el musgo y el verdín de las tejas? Por mi mala folla, ahora que les tengo a tiro el salto me parece un rompe cuellos o un revienta personas. Si me dejo caer hasta abajo, voy a partirme el alma condenada de camello. Son más de dos pisos. De los de antes, con techos altos, edificados alrededor de patios de luces con lluvia que moja. Ya me pierdo, pero tal vez si hago el viaje en dos etapas cantarán los ángeles. De una zancada, con suerte, puedo atrapar los hierros del balcón de enfrente, aquí abajo. Después, me iré descolgando como pueda hasta el patio de luces. Y si logro llegar al empedrado, ya está, romperé el cristal y la persiana, entraré en la casa, la miraré de arriba abajo con desprecio y le diré con voz apagada: «¿Qué hay de nuevo, pequeña?». Y ella se quedará espantada, blanca como la cal de la pared y las casas de Ibiza. Porque Virtudes no es mujer de coño cuadrado, como Carmela. Ni mucho menos. Lo tuvo claro, el Rubio, cuando pudo escuchar cómo ella, su hembra, le cantaba las verdades al Agustín, a la madre del Agustín y al lucero del alba. Tanto el Rubio como yo, y hasta el gallo de la Pasión, podemos sentirnos orgullosos de una chorba capaz de enfrentarse a la rata de alcantarilla y espetarle: «Agustín déjame en paz, que incluso tu sombra me molesta en la piel». Y ahora con buenos modos y después porque sí, le puso en su lugar. Hasta que de repente todo se desmadró y empezó a ir manga por hombro. Me lo contaba el Calorro de la Vara Alta, que intentó poner paz cuando aquellos dos ya se habían intercambiado los primeros golpes. De un diestro cabezazo, el Rubio le puso la nariz como una granada roja que manaba sangre. Agustín se lo llevó en un coche celular, a punta de pistola. Y en el talego, los boquis debieron hacerle un hombre. Están ellos buenos para andarse con vaharadas. Apuesto mi jornal a que el alivio debió llegar después de cantar laudes. Y cuando estalló el asunto de Virtudes y la Lupia, el Rubio acababa de salir de chirona. Línea y bingo con un solo cartón le tocó, chupando el alangarí de la muerte de Franco. Agustín era su sombra, removiendo cielo y tierra: se la tenía jurada. En el interregno, cayó el Frontón Balear, a golpes de mazo y de piqueta, y en el solar se construían casas de pisos para ricos. No había en toda la ciudad ni un solo punto de referencia para localizar a un pelotari. Agustín no tragaba que la condena del Rubio a dos años de cárcel, por lesiones, quedara reducida a veinte y pocos días, y circulara tranquilo por las calles sólo porque Franco se había muerto. Aquello le sacaba de sus casillas, le enfurecía y su mirada torva anunciaba sevicias. Iba por el mundo contando a quien quisiera escucharle que aquel indulto no tenía ni pies ni cabeza, y que una cosa era los presos políticos y otra, muy distinta, un rata como el Rubio, que había oficiado de truhán toda su puta vida. Yo no sabía qué pensar y por lo tanto me callaba. Porque también era cierto, como hay sol, que no había pasado un año y en Madrid asesinaron a unos abogados que defendían a los trabajadores. Como yo no, tal vez como era mi padre, quiero decir de los que trabajan. Pero gastó mucha saliva, aquella tarde, con el Pequeño Barón, tratando de convencerle de la inminencia de un follón de cojones, con militares y todo. Afilada tenía la muy cuando explicaba, con pelos y señales, que no era el momento de protestar por cuatro comunistas subversos. Y yo que era de los que aún creían que un bofia iba contra el asesinato, fuese quien fuese que lo cometiera. El asunto de la Lupia era otra cosa, no hubo sangre y, desde siempre, los ricos son los ricos. Precisamente aquel día el Pequeño Barón me había invitado a comer en una especie de casino elegante, La Rueda o La Esfera o El Círculo, algo así, no lo recuerdo. Por cierto que se ha convertido en bingo, y no dejan entrar a los travestis porque iban al tigre de señoras, y a ellas del susto se les cortaba la leche. Claro, les veían mear de pie, con la falda arremangada, y no entendían de qué iba la película. El restaurante era una sala enorme, con mujeres desnudas pintadas en las paredes. A pesar de tanta solera y señorío, el almuerzo era barato y los camareros trataban a los clientes con una gran confianza. En la sala, amplia, larga y muy alta, cada consumidor tenía su mesita individual, independiente de la de al lado. Allí todos los socios se daban la cara mientras comían, de manera que incluso los más solitarios podían sentirse acompañados. Las butacas, blandas y enormes, eran ocupadas por ancianitos jubilados que no le daban mucho gusto a la sin hueso. Callaban mucho y el silencio llegaba a ser como de manteca blanca. El salón parecía tener su tornavoz, porque cualquier comentario, incluso susurrado, resonaba en aquella especie de residencia para la tercera edad. A los postres, fruta de la buena, dos veteranos que la sabían muy larga hablaban confiados, en voz alta. Muy teatrales, ambos, parecían opinar en público sólo para hacerse oír de los demás. Pero disimulaban, dando a sus palabras la apariencia de un diálogo reservado. «Lo que pone hoy el diario es muy gordo, Lito, creo que hacía años que no oía hablar de algo tan horroroso». «Te referirás, supongo, a los abogados que han tiroteado en un barrio de Madrid». «De esto hablo, precisamente, y debo decir que a mí el hecho no me ha sentado nada bien». De nuevo el silencio de manteca blanca invadió cada rincón de la sala inmensa, centímetro a centímetro, ocupando incluso la tela apolillada de las butacas. El Pequeño Barón, emparentado con todos los que no eran solamente amigos de su familia, sonreía a diestro y siniestro, como quien da a entender que no se toma en serio el asunto, ni a los comentaristas. Estaba claro, desde la cuna, que era uno de los suyos. De repente, el llamado Lito rompió la expectación creada alrededor del último silencio. «A mí me han dicho, para tu buen gobierno, Andreu, que los muertos y los heridos eran todos comunistas». Recuerdo que empezaban a entretenerme, los dos vejetes, y me pasé un buen rato con el plátano en la boca, sin morderlo. Les observaba con atención y de un momento a otro esperaba que el de la voz cantante en el asunto de los comunistas remataría la faena con una estocada de alta escuela torera. Pasó el tiempo y ya estaba yo comiéndome el plátano, tranquilamente, que no me lo esperaba, cuando el llamado Andreu va y suelta: «No sé qué decirte, Lito, por muy comunistas que fuesen, considero algo fuerte matarles... de esta manera. Sobre todo si tenemos en cuenta cómo están hoy por hoy las cosas». Y aquí la sala entera rajó de arriba abajo la masa mantecosa del silencio con un murmullo creciente. Todos querían opinar, echar su cuarto a espadas, poner la coletilla. «Por muy comunistas que fuesen...», decían algunos. «Aquí volvemos a tener el mismo fuego escondido de siempre, latente como el separatismo de Cataluña, y es mejor apagarlo cuando aún estamos a tiempo», afirmaban otros, muy convencidos. Y el vecino del Pequeño Barón, apodado Nelson, inclinándose hacia nosotros, explicaba cargado de sentido común que en otro tiempo habría sido otra cosa, pero que en la hora actual todos éramos seres humanos. Y cosas de este mismo jaez. Poco después, como obedeciendo al silbato silencioso de una sirena de fábrica inexistente, fueron levantándose, uno tras otro, y subieron al primer piso para dar comienzo a su jornada laboral de monte y póquer destapado. Antes de salir, el Pequeño Barón me señaló una lápida conmemorativa con los nombres de los socios caídos en defensa de España durante la guerra. Contaba que su padre y un tío lejano, que murió en Porto Cristo, un domingo, después de oír misa primera en la catedral, salieron de aquel club dispuestos a llevarse por delante a todos los comunistas del mundo. El sábado, en San Francisco, en el funeral del protomártir, las novias y las hermanas de los falangistas de buena familia ocultaban bajo sus faldas los revólveres, porque la policía no iba a registrarlas a ellas. Junto al chocho, pensé, con el peligro de un seguro mal puesto que si se disparaba las pondría a menstruar antes de tiempo. ¡Qué alivio, para una embarazada de tres horas! «Antes de ocupar las calles —el Pequeño Barón se demoraba en el recuento de la historia—, Miguel Villalonga dice que fueron a tocar las aldabas del casal del marqués de Zayas, en la calle de Ribera. Algo estaba cambiando». Y cuando nos encontramos con Agustín, en el café Moderno de la plaza de Santa Eulalia, el bofia se pasó por la entrepierna a todos los políticos del momento. El Pequeño Barón dijo que le había puesto el tarro como un timbal y yo, pobre de mí, me quedé con la mente en blanco, a todas luces desorientado, mareado, sin entender lo que predicaba de las autonomías, las autonosuyas y la unidad de España, indisoluble. Que no llegué a enterarme de qué iba el follón. Ahora lo recuerdo porque si no salgo con bien de ésta, y Agustín me echa el guante, seguro como está de no perder el empleo y la paga, me pasará la factura de los últimos años. Pintan cojones. Me los endilgará de lavativa con guindillas y pimienta. Me los pondrá por corbata. Mientras perseguía al Rubio era otra cosa, se podía tratar con él porque muchos de la pestañí iban tan acojonados como los chorizos. Recuerdo al Rubio en el hipódromo de Son Pardo, cuando me dijo que él y Carmela se iban a abrir a toda leche porque Agustín les tenía en el punto de mira. Iba a por ellos como a Roma por todo. Yo entonces creí que exageraba, el Rubio. Después, él y la calorra quisieron presentarle excusas, por la nariz rota y por la delicadeza. Y el otro, muy arrogante y muy señor, dijo que ni si le servían en bandeja el conejo de la artista.

El Rubio y Carmela ahuecaron el ala antes de que se emputeciera más la cosa. Ahora ella actúa en un local de Alicante y él se ha pasado de la pelota en punta al trinquete. Les protege Encarna, que ha dado el tocomocho a media Europa. Y váyase mocha por cornuda, que con su estilín ha logrado establecerse, con tablao propio y con miarmas, en una sucursal del Chino junto al mar. Rufina, la de las toallitas, dice que Encarna va de señorona. Con los panís que le salen por las orejas, ahora se beneficia al Rubio por todo lo alto, y Carmela ya la llama cuñada. Quién te ha visto y quién te ve, Encarna en la cincuentena. Más vale así, porque Agustín es una víbora, un escorpión capaz de perseguirles hasta el infierno. Si el rencor le muerde el corazón, no parará hasta encontrarles y ponerles las esposas. Encarna, seguramente bien relacionada, hará por protegerles. Las palomas hacen milagros y, si él ahora es su capricho, su frufrú, no hay nada que temer. Cuando Carmela y el Rubio se perdieron en la noche, dejando al bofia con un palmo de narices, Agustín iba por el mundo con el alma requemada y la Lupia pagó los platos rotos. Un día el cara vinagre amanecerá flotando sobre las aguas aceitosas de la bahía. O con la piel cosida, en un descampado. Y nunca volverá a pasar su cerda pezuña por la cabeza de una mujer, mientras silabea con sonrisa sádica: «Se te va a caer la pelambre al cero, que me derrito si te veo calva». Agustín llegó a creer que le pondrían de patitas en la calle y debería pasar de escolta a la empresa privada. Al apaleo de sindicalistas y a guardar las espaldas de un patrón. De guripa. Quién sabe si con el padre de Virtudes o con otro pájaro del mismo estilo, con fábricas, negocios y cosas que perder. He ahí por qué la Lupia resultó cornuda y apaleada. Pagó las copas. Claro, a ella ya me la tenían fichada, por díler y por tortillera. Si yo no hubiese visto ya tantas cosas, seguro que al saberlo se me habrían revuelto las tripas. Porque nadie me va a sacar de la cabeza que el cerebro de la chorada fue Virtudes. Cuando salió de mi cubil es seguro que pisó mierda. O la Lupia le dio nuez de dormidera hasta idiotizarla. Pero un cacao como aquél sólo podía salir de una calabaza rajada como la suya y de un mono de abstinencia mal llevado. Virtudes cabeza de chorlito, por mis cojones, huevona. Y si el asunto se daba mal, Agustín veía sus habas contadas en el cuerpo de policía. Granos de arena en una ampolleta. Como la que vi sobre la repisa de la chimenea en casa de Juanito Albert, en Montlleó. Las locas medían con un reloj de arena la duración de cada polvo público. Respetaban la ciencia para hacer durar un acto, al menos tanto como el tamaño del vergajo cuando atiza. Allí, entre col y col, lechuga, el Pequeño Barón hablaba de un partido político que guardaba el dossier completo con todas y cada una de las corrupciones que Agustín había protagonizado. El despelote. Aquellos bujarras ricos parecen tener el mismo miedo que los otros, los que aún no han salido de las letrinas. Así se defienden, con la lengua viperina y la aguja de escorpión. Ante un virguito nuevo, pronto le espetan: «Sé quién eres, dónde vives y dónde trabajas, y sé cómo se llama tu padre». Con el dinero a espuertas, nunca les falta información. Su fichero tiene fama legendaria. ¿Quién me dijo, el otro día, que la información es imprescindible para tener poder? En ellos, el poder, la clase, la categoría, es un hecho natural. Su calidad está en el tuétano por razón de nacimiento. Es como la entretela de una gabardina o una segunda piel. Cuando me inyecté la sobredosis en Son Galdiró, y rematé la faena con el corte de venas en el baño, grande como una piscina, qué bien supieron arreglarlo todo con el médico del pueblo. Y con el sargento de los piojos verdes, tan elegante en su uniforme de autoridad. Pero lo que son las cosas, recibió instrucciones en sentido contrario. Los lilas habían decidido que el asunto no llegara al juzgado de guardia. Y no llegó. En caso contrario, decían los que algo sabían de leyes, habríamos bailado todos. También los suicidas frustrados tienen su juicio para desentrañar quién les ha auxiliado en el intento de poner punto final a la pesadilla. Ganas de joder la marrana, rigores y barandas. Siempre locos por entrometerse donde nadie les llama. Y cuando el intento ha sido un fracaso, ellos, erre que erre, a remover la mierda. Esta máquina sólo se para con dinero. Juanito Albert y los suyos lo tenían a manos llenas. Evidente de toda evidencia. No han tenido que descuajaringarse, éstos, arrastrándose por la existencia como perros de noche apaleados y castrados a patadas. El Pequeño Barón encontraba escenario y auditorio para hacer un primer papel de gili, en Montlleó. Su protagonismo es tal que en un entierro sólo puede ser el muerto. Las gracias ante la abuelita, que le valieron caricias y billetes de a mil, eran elogios y sonrisas a su talento, en aquel ambiente putrefacto de maricones ricos. Refinados y educados, bien follados, bien bebidos, bien comidos. Faltaría más. Vuesas mercedes las putas garrapatas. Todos fliparon, al verme llegar. Los ojos desfilaban ante mí, de dos en dos me cercaban, era un amable acoso, rastreaban lo que había entre la raíz del cabello y la uña del pulgar del pie. Yo, la última diversión, el reciente entretenimiento de los piojos que pican; yo, el juguete nuevo. Yo. Antes, sin embargo, me exprimirían como a un limón mientras juraban amistad, fidelidad, lealtad y eterna ayuda. Cuando el sol se levantaba sobre el azul del mar, como una naranja inmensa, bajo el gris de los olivos, en pelota picada, excitado su rollo por el whisky y la cocaína que yo les pulía, era cuando inspirados me tocaban más los cataplines. «Aquí y ahora, construimos una Mallorca nueva sobre las bases de la igualdad de nuestros cuerpos desnudos, la identidad del hombre liberado, un superhombre, y ya se ve en la línea azul del mar un nuevo tiempo y una nueva tierra, donde el Choco tendrá su lugar de privilegio, porque ama el placer hedonista y sabe disfrutarlo». Se grabaron en mi recuerdo, aquellas noches locas, toledanas, con la perra de celos que prendía en las histéricas, los divorcios y las reconstrucciones de las parejitas, y el llanto de puta arrepentida del chichisbeo recién desmamado, fuerte y tierno como el maíz morocho, penetrado por mazos poco delicados y espinosos, más tarde macerado por la hebilla del amo que le decoró en azul nalgas y espalda. Tierra nueva y vida nueva, la de los bujarrones. Leche. Alternaban entre ellos el papel del hombre y el de la mujer, intercambiándolos siempre en busca de la parte peor de los dos sexos, ambidextros, que por veces lograban asumir. Me vino a las mientes todo aquello con exactitud cuando la Lupia comió guano y mierda, y Virtudes, limpia de polvo y paja, volvía a ocupar mi cama machacándose la crica y la madriz. Perro no come perro, dicen los ingleses, y en nuestra parroquia, los cuervos, entre ellos, no se pican. De repente me encontraba ahí de nuevo, dándole al chocho de Virtudes después del incidente en Son Galdiró, del lavado de estómago en una habitación de servicio medio escondida, de la conversación telefónica entre el coronel, tío del Pequeño Barón, y el sargento de los piojos que miraba los rostros espantados de todas las mariconas. Con todo aquello, al pensar en la Lupia enchiquerada y en la vagina estrecha de Virtudes, siempre pidiendo más, por primera vez sentí el desespero de la impotencia. No sabría decir qué fue lo que me dejó seco: el poder al alcance de la mano en el mundo del Pequeño Barón y de Juanito Albert; una carta de la Lupia a Virtudes, que empezaba diciendo «tronco mío» y acababa con «besos de lengua por donde tú y yo sabemos»; la encabronada avaricia mezquina del padre de Virtudes, que no soltó el medio kilo, o la nostalgia y la añoranza de Nadal, el joven chichisbeo, moreno y generoso, que escapó de la cama de su amo para venir a mí, y con mirada tierna me decía: «Necesito un cuerpo de hombre como el tuyo», antes de que le achucharan los perros a golpe de hebilla mientras él gritaba, dolorido: «¡Dejadme cicatrizar las heridas que la vida le ha hecho!». Todo aquello recordado, con la lengua como un áspid entre los muslos de ella, hizo que el mundo entero se moviera. La habitación empezó a girar y me sentí como en una barca azotada por la tempestad. La cama era un barco borracho que se movía como noria de feria. Después sólo recuerdo un alarido, sabor de sangre en la boca y el llanto desconsolado en el lecho vacío. Me sentí tan solo como cuando desperté en la habitación de servicio de Montlleó con los brazos vendados... Ahora todo es distinto. Ando a gatas, sobre las tejas, pero me siento con fuerza suficiente para restablecer el orden perturbado de la existencia. Que pague aquel que debe y no sea como siempre. La Lupia tragó sapos y culebras porque oros son triunfos. Y, sobre todo, porque pintaron bastos en su culo serrano y mañanero. Le afeitaron la cabeza y las cejas. Me la machaca mucho el asunto de la Lupia, chorba que llevaba todos los números. Y ahí es nada la que le espera, cuando salga del talego. Porque le haré la vida imposible, no la dejaré vivir ni a sol ni a sombra, como hay Dios. La encontraré donde quiera que se esconda y se va a enterar de lo que vale un peine. La madre que la parió, puta bollera. De mí ya no la libra ni una bandera de legionarios cabalgando a lomos de dromedarios. Y si todo fue como sospecho, si llegó a un acuerdo con el padre de Virtudes, la va a cagar tan amarga que le dolerán hasta las bragas. ¡Por los cojones de Pilatos que el oro del conchabo le servirá de lavativa! Pagar la justa por la pecadora con una temporada en el hotel tuvo sin duda un precio, más allá de la entrepierna caliente y el chocho enamorado. Nunca olvidaré el primer día que me las encontré in fraganti, haciendo el sesenta y nueve, ni cómo ellas mismas me uncieron a oficiar participativamente. Yo venía de hacer el camello, cargado de mierda y de papiris. Y voy y las sorprendo en posición, en mi leonera, ante mis propias narices. De escándalo. Aunque bien mirado el más borde soy yo, que no las rajé a las dos desde el coño hasta la boca, aquel mismo día, y me dejé desabrochar la bragueta para empitonarlas. Y me di una hartá de fornicio, con las dos, en medio de un concierto de jadeos y gemidos. Con la Lupia feliz, porque finalmente me mamaba el gallo y después decía: «Me gusta comer de todo, mientras haiga». Y pasaba, ligeruela y pizpireta, acuciosa, diligente y expedita, de pijo a coño como quien bebe vino blanco o vino negro, y también cava, en una misma mesa. Después la cosa ya no tuvo solución, era de las que no perdonan. El culo de la Lupia empezó a transitar, arriba y abajo todo el santo día por mi cubil. Hasta que, cuando menos me lo espero, las dos ahuecan el ala, se escurren por las cloacas hacia lo desconocido. Más tarde supe que hicieron copas y chapas en el bar de la Pepi, el travesti que controla a las locas del Barrio Chino. Se metían las dos en una cama para hacer tortillas en público y pasaban la bandeja. Virtudes solía actuar enmascarada con un pasamontañas, según tengo entendido. Y así, pim pam y pim pam, y pim pam pum, sota, caballo y rey en el palo de bastos, momas y luego choras, hasta que me las ponen a la sombra. Los padres de Virtudes hubieron de mover el culo y empezar a correr de aquí para allá, como en aquella canción de Julio Iglesias. Y se entiende, porque una hija siempre es una hija. Tanto si te sale tortillera como butifarrera como especialista en el arte de capar codornices. Tal vez se sientan culpables, los padres, de las faenas de las hijas. Aun así, creo que el bato de Virtuosa quedó escarmentado del recorte de cojón de gallo. Y su parienta, la machicai granadina, que lo tiene cuadrado y se ha pasado al mundo entero por la muy, ahora me dicen que se ha vuelto muda. No querían saber que Virtudes es una cabra de mal asiento, con el culo en punta, que jamás se ha sentido a gusto en ningún sitio. Ni en su propia piel. Lo más fácil es que pase de mí, de la Lupia y del profesor con los cojones igual que cascabeles. Mírala, allí abajo, tras los cristales. Toda ella un dengue, ante la chimenea, como si no fuera con ella lo de los platos rotos. Y a su lado, el profesor y la barba. ¿Cómo no ve, este macho cabrío, que podría ser su padre? Ahora tal vez escucha de sus labios que ella le ama a su manera o que necesita tiempo y espacio para estar consigo misma. La cantilena que me calentó los cascos y me enfermó el oído tantas semanas. Es falsa como un duro sevillano y miente por toda su boca, la huevona. Como si lo viera, estará camelándole para que se la lleve a América. De catedrática. ¿Habrase visto vergüenza semejante? Se cree que me la va a dar, pero a mí no me la dan. Ésta, con mi piel, no se hará unos zapatos. Antes la convierto en timbal de guerra sonante y desentierro el hacha del odio y de la rabia. Lo tienen fino y van de culo riguroso: será igual que tocarles la negra. Conmigo entrará el malfario, con las dos pistolas por delante. Apuesto a que no se la esperan. Y el profesor barbudo, si no está conforme, pam pam, dos tiros. Pensará que con libros se sazonan los chochos de las mujeres. Sobre todo el de Virtudes, la leche. Si se ha creído que le va a comer el coño hasta subirla por las paredes con cuatro caramelos se equivoca por completo, el payo. Esa zorra la sabe tan larga como Durruti, el gato más espabilado del barrio de los canónigos. Aunque aquí el único que va a gatas soy yo, y a rastras sobre las tejas y los tejados de zinc, con las manos llenas de rasguños. Si no ando con tiento, en una de éstas me daré el gran batacazo. Y ya me tienes que habría ido por lana y saldría trasquilado. La parejita me va a hacer perder el oremus y el kirieleisón. Y de mí se cantarán gorigoris, cojones. Me va a dar el telele del tembleque precisamente ahora, cuando estoy a punto de dar el salto de la gran zancada. Si me sale mal, se acabará el carbón de repente. Y de mí no volverán a cantar gallos ni gallinas ni volveré a escuchar el canto del petirrojo en primavera. Tranqui, Choco, tranqui, que aquí te la juegas. Uno dos, uno dos, así, respirar por la nariz y espirar por la boca, respirar espirar, respirar espirar, lentamente, hacia los hierros del balconcito. Uno, dos, tres, ¡sus! Ha ido bien, lo he logrado. Por mi ventura, este piso quedó vacío hace tres semanas y nadie saldrá para ver espantapájaros colgados del balcón. El Choco de fantasma, definitivo, la última. Y los dos de aquí abajo no han podido oír la ventolera del Menda, con los cristales cerrados. Colgado de los hierros de la barandilla y de cara a la pared no puedo verles, ahora. Tal vez el profesor desnuda a la chai con parsimonia y se la lleva a la cama casi en volandas. O le come la verruguita del pezón derecho, la que me gustaba a mí. El muy canalla arjulipé. Aún no aprendió cuán cerca está el lecho del placer de la rueda de los dolores. Vasos comunicantes, fácil. Si osa tocarla en mi presencia, le pisaré las turmas hasta aplastarlas y de un solo bocado le dejaré sin méntula. He de ver pulverizada toda la ciencia del fracasó bajo el fuego de mis pironas con silenciador. Lagarto, lagarto, me la comerá entera, el intelectual, como un huevón a la vela. El gachó no sabe el terreno que pisa, y no tendrá tiempo de contar las hostias. Le arrastraré a placer, ante la chai, hasta que ni aliento le quede para decir amén. Le daré hiel y vinagre, mientras me como su corazón. Haré que se arrepienta de haberla conocido y del día en que nació. Le arreglaré bien arreglado, yo, al sabelotodo. Y ella que no me encabrone y que no venga a dorarme la píldora. Si la píldora bien supiera no la doraran por defuera. Me la voy a comer por los pies con los calcetines puestos. Nos veremos las caras, pequeña. Muñeca de cera, te quebrantaré de agujas. Vudú, vudú del negro de Haití que se vino a morir en Santa Catalina. Y tenía a su santa atemorizada. Una buena tunda a punta de hebilla con el águila te pondrá azul la piel, y así sabrás que al Choco no se lo toman a chirigota las degeneraditas de buena familia. De ésta no saldrás silbando, peonza. Y harás la calle por mi cuenta. ¡Como un sol! Contigo no valen consideraciones, que sólo sirven para envalentonarte y sacas los pies del plato. Después te pondré en el Jazz y Tabaco Rubio con el hijo del Gaucho, que se ha hecho el amo del puterío de lujo. Allí estarás bien, a dos pasos del chalet de tus papás. De tronco y en pino. Así aprenderá tu bato que conmigo no se juega. Cuando él y yo nos veamos frente a frente, como dos iguales, todo empezará a ser otra cosa. Aunque no sé qué coño hago imaginando proyectos de futuro, cuando en el presente lo tengo crudo. Ahora, sin ir más lejos, el salto que me espera es de más de cinco metros. Será el batacazo de mi existencia. Yo que quise alistarme en paracas, voluntario. Mónica lloró más que su patrona, madre de san Agustín, para sacármelo de la cabeza. Decía que iba a darle algo en el corazón. Haría diez años, ya, que me mantenía. Pasé a vivir con ella poco después de la muerte de mi madre. Y al viejo le habíamos internado seis meses atrás en Jesús, junto al cementerio. Ella le dejó entre rejas y regresó alegre y contenta en taxi. Recuerdo que deambulé largo rato por los márgenes de la Riera, que bajaba tumultuosa. Arrastraba agua marrón, ramas, raíces, hierbas y animales muertos. Yo seguía desde la orilla el curso de la torrentera hacia el mar, que puso de lodo el agua de la bahía. Los colores de la tierra ensuciaban el azul. Antes, por el camino, tuve ganas de arrojarme de cabeza al lecho de guijarros. Y acabar allí mismo de una vez para siempre. Martilleaba mis sienes la voz del padre, por el camino, inquieto: «Chiqui, no me llevéis a un sitio malo, ¿eh?». Y yo que no, que encontraríamos amigos para hablar de fútbol y tomar una caña. La vieja callaba mucho y fruncía el ceño, avinagrada. Esta mujer, Dios la haya perdonado, nunca ha querido a nadie. Tal vez fue por ello que antes de darle navaja al bozo, Mónica me tenía ya en su lecho. La quise toda entera, con locura, yo. Y desaparecí para siempre de su lado porque no soportaba verla envejecer. Pero fui feliz diez años en su cama, chuleándola. No era sólo el hecho de vivir sin trabajar, a mesa y mantel, mantenido y ropa limpia, que decía mi madre. Con Mónica descubrí el gusto salado y el olor a coño de mujer, algo que nunca se olvida. Todas las noches ella regresaba con un cansancio mortal. Caía sobre la cama sin ánimos para hacerse la cena, ni siquiera descalzarse. «Me escuece mucho», decía a veces. Y yo le desabrochaba los sostenes, y otras veces le desgarraba las bragas de veinte duros. Un día un marino americano se había empeñado en subir a su piso y yo, un mamoncete todavía, la defendí y dejé al yanqui tieso de una patada en las partes. Creo que fue entonces cuando se me encoñó y proyectó nuestro futuro. Pero diez años después todo se puso patas arriba y yo hube de aprender a correr por patrias grises. Mónica no quería que yo me hiciese paracaidista porque decía que era irse a morir muy lejos, en Alcalá de Henares. Pero yo sí quería. Y al final fue que no. Siempre que he tomado en consideración a las mujeres sólo he cometido disparates, porque yo habría hecho carrera en el Ejército, seguro, y tal vez hoy no me encontraría donde me encuentro. Un día u otro acabaré de legionario. No quiero pensar más, abajo y que sea lo que Dios quiera. ¡Cristo bendito, qué castaña! Y me he jodido la rodilla, ay, todo por culpa de esta cerda. ¡Perra, no creas que vivirás eternamente! Y el sabelotodo me las pagará todas juntas, ay, ay, su puta madre, su alma chamuscada. Míratelos aquí, tomando el té mientras yo me estoy muriendo. Libros por todas partes y un pick-up que gira. La chimenea encendida, humo de pipa. Yo, mientras tanto, a gatas, de morros en los helechos y los geranios. Y me duele mucho la pierna. La madre que les parió, y ahora se besan las mejillas suavemente. Delante de mis ojos. Pero bueno, ¿qué es toda esta sandunga sandunguera? Semejante monstruosidad merece una lección. Y será ahora mismo, así, de una zancada a través de los cristales. ¡Virgen del Amor Hermoso, amparadme! «Tranqui, tío, tranqui, y se acabó el besuqueo que ya llegó la marabunta. ¿O no es eso, barbas, lo que ahora se dice en tu domicilio?». De un salto se han puesto de pie y me miran espantados, igual que a un fantasma. Las pistolas sin estrenar brillan como espejos de plata deslumbrantes y se han quedado pasmados. Patidifusos. A él se le ha cortado el aliento, y a ella, la leche. Ahora vienen las desgracias, el llanto y el crujir de dientes. Tendida en el sofá cubierto con un mantón de cachemir, oculta la cara entre sus manos, gime y lloriquea. Y él, de puro instinto, ha retrocedido hasta cubrirse la espalda con la pared. No puede ir más allá. Escucho, entre sollozos: «Yo lo sabía, sabía que no me dejarías marchar sin hacer una de las tuyas». Nunca la he podido ver llorar sin que me asalte el deseo de llorar con ella. Pero el barbas se agita: «Tú aquí y a callar —le digo, señalando con el cañón una butaca—, que tengo muy mala leche y te llenaré de plomo las entrañas». Dejo las pistolas sobre la mesa camilla, con vestido de *roba de llengos* y tapete de ganchillo. Me inclino sobre el rostro de ella, oculto por su larga cabellera rubia que le llega hasta el culo. Ahora siento piedad por este pelo que a veces he maltratado, cuando le sujetaba la cabeza en un clima de espasmos, jadeos y sacudidas. «Virtudes» digo, y un nudo en la garganta no me deja continuar. Ella me ha mirado con los ojos llenos de lágrimas y ya no sé dónde encontrar cobijo para tanta pena. Se me ha venido de repente el alma a los pies. La pierna dolorida parece que ya no es mía y se me humedecen los ojos. Si el machucambo me ve llorar estoy perdido. Va a pensar que soy yo el manso. Por todas partes libros, en los estantes, sobre las sillas, junto a las pistolas, apilados en el suelo. Y esta música tranquila, que casi parece serenarme. La funda del elepé llena de pelucas blancas. En el aire, aroma de humo de pipa. Quién te ha visto y quién te ve, prenda, ni sombra de lo que fuiste. Como de la noche al día. Lleva escrito el espanto en el rostro, así asoman los remordimientos que le comen el alma. O simplemente el miedo, vete a saber, porque Virtuosa las ha hecho de todos los colores y siempre ha salido de la mierda bañada en agua de rosas. Por primera vez se halla ante un arreglo de cuentas como Dios manda. Impepinable. Y el otro, sentado y modosito, más blanco que la pared. Como debe ser. Ahora se ve perdido, el profesor con barba. Y se la envaina ante las pistolas, o dice para sus adentros: «Me la han metido doblada». El gachó tiene aires atléticos y gasta músculo. Medio palmo, me saca. Claro, los ricos son ricos porque tienen dinero y no por otra cosa. Han comido bien, han estudiado, han hecho deporte, han tenido buenos gimnasios, se mezclan ellos con ellos. Y éste ahora quiere salvar virtudes amenazadas por un Choco cualquiera que, te guste o no, con las pistolas te da un distento. Lo tiene claro, espantado como una hoja de lechuga. Virtudes brama estrepitosamente, de bruces en el sofá, y sus alaridos me rompen el corazón y los cataplines. No lo soporto. Debí pensarlo antes, porque estos dos me van a dar por la parte tierna. No puedo verla llorar, nunca he podido. Ni siquiera cuando debí vacunarme, porque cada día lagrimaba que era un contento. Cuando solloza se me rompen las resistencias y todo es una cara llena de agua, como ahora que le beso frente y mejillas y hace un instante la habría estampado en la pared. «Choco, no me hagas más daño, vida, que me has hecho sufrir mucho. Yo he llorado demasiado por ti, pequeñín». Contra ella no puedo. Me gana por el terne del sentimiento. Me come el coco, no sé, hace que me sienta un vulgar mechero, un golfo, un vaina y un gili. «Yo también te he querido mucho, rubita, aunque me has hecho todas las charranadas del mundo». Llora más fuerte, ahora, y me mira compungida, con la mirada llena de pena incontenible. Percibo su aroma, el olor de este cuerpo perfumado, y me acaricia el rostro con la sedosa cabellera larga, tan suave. El otro avanza un paso. Y: «Tú ni te muevas, que te estás jugando el esqueleto». Virtudes me besa los labios y las mejillas mal afeitadas. Pasa su índice sobre mi rostro, dibuja mi perfil: «Siempre picas, Macario, siempre picas». Ella es la única mujer que me ha llamado por mi nombre verdadero. No ha habido otra en toda mi vida. «Yo... sólo quería pedirte, suplicarte... quiero que vuelvas... Todo te lo perdono: la Lupia, el profesor, todo. Pero vuelve. La basca no ha vuelto a ser lo que era, sin ti. Y la vida se me hace una chirla aguda y afilada». Ella se incorpora lentamente. Ahora tengo su cadera al alcance de mi boca, mientras cambia el disco. Coge tres vasos largos y una botella de Vat 69. Mientras los llena dice: «Podemos hablar los tres». Me excita volverla a tener tan cerca, y me sube por las paredes la cara de almendra amarga que pone el otro. Éste ahora paga con moneda de pánico los polvos que ha echado por la cara. Agarro las pistolas, coloco una entre los tejanos y la camisa de lana, y apuro mi vaso de un trago. «Tú aquí y cuidadito con lo que haces, o te puede volar la bolsa de los cojones». Con el mismo gesto que le he visto mil veces, ella sacude la cabellera y bebe de su vaso a tragos lentos. Un vaso de vidrio verde oscuro, trabajado al sople con fantasías, no de papel encerado como los que tengo en casa. «Macario, daría cualquier cosa para que pudieras entenderlo. Creo que a veces te he podido hacer daño porque nunca sabía lo que me pasaba o lo que quería». Embelesado ante la oleada de su pelo sacudido, la escucho sin darme demasiada cuenta de lo que quiere decirme. Ella dice: «Nunca», y yo recuerdo el mordisco en su coño, y el gusto salado de la sangre en la boca. Ahora gritaría que soy yo quien la ha maltratado y que desapareció del mapa en buena ley. Ella mira una maceta de mirabeles sin flores mientras recita con voz lejana: «En casa siempre me anularon bajo la losa de normas que jamás pude entender, que nunca fueron mías. He aquí por qué tu rincón pronto fue también mi rincón, cuando yo sabía que hacía un viaje de imposible retorno. Pero la basca sólo pudo ser una pasión transitoria en mi vida. Ahora es cuando he descubierto lo que quiero de verdad, Macario, y te pido por favor que me dejes hacerlo, si es que alguna vez me has querido». El barbas no dice ni Pamplona, con los ojos bajos, y pone cara de será lo que Dios quiera o salga el sol por Antequera. Tiene nervios templados, el profesor, porque ni se inmuta cuando nota en el cuello el contacto del cañón metálico. «¿Y tú qué dices, monster?». Nota carraspera en la garganta amenazada y pone las manos palmas abajo sobre la mesa. Mira la pistola y ve mi dedo en el gatillo, hace un mohín del ceño que mezcla preocupación e indiferencia, y empieza a hablar, casi como si la cuestión en litigio no fuese del todo asunto suyo. «Creo entender lo que sientes y, créeme, si Virtudes pudiera ser más feliz contigo, ahora mismo te la llevabas. Pero tú sabes muy bien que aquello fue una temporada en el infierno. Cayó en un ambiente muy diferente del suyo y, para sobrevivir, se adaptó, no sin grandes dificultades». Ejercita, lentamente, todas las operaciones de llenar la cazoleta de la pipa: pinzar el tabaco Virginia con dos dedos, apretarlo en la cazoleta con el pulgar, después con el atascador metálico, encender con una cerilla de madera, y todo sin un solo temblor de manos. Clava sus ojos en los míos a través del humo, casi con una mirada de carnero, ni muy muerto ni muy vivo, aparentando estar más allá del deseo y de la rabia. Y dibuja en los labios un rictus de escepticismo indiferente o resignado. «En parte también te comprendo porque si la vida hubiese girado de otro modo, yo mismo podría encontrarme donde tú ahora te encuentras». Éste se las sabe todas, Choco, y te manga el tronco, te levanta la mujer con buenas formas y palabras escogidas. Éste se ha leído incluso la letra pequeña, que decían en el cuartel. Miras en vano las llamas de un leño muy grueso en la chimenea, con un lejano deseo de convertirte también en ceniza. Sólo sabes que cuando has llegado querías matar y ahora ya no quieres. ¿Resultará que los ricos también pueden ser personas? Virtudes te mira espantada, quién sabe si avergonzada de saber que ellos dos siempre han tenido un techo de refugio o una casa frente al mar cuando la tempestad se agita. Avergonzada, quizás, de un padre que no la quiso comprar por medio kilo, para él una propina sin importancia. Consciente de la enorme distancia que la separa de un mequetrefe que un día se llevó a su bato engañado al manicomio. Y el barbas no sabe nada, de todo eso, de las preguntas que ella me hacía mientras yo la despreciaba, la torturaba y, después de hacerle todo lo que me venía en gana, me quedaba con la mirada fija en los desconchados del techo y en las vigas bajas de la buhardilla. («¡Choco!...». «Que me dejes en paz, tía, que no hay quien te aguante». «¿Por qué eres así, Macario? ¿no ves que yo te quiero de verdad?». «Que me dejes, he dicho, gata traidora y taimada, ¿o te habías creído que tú no eres como las otras?». «La diferencia es que yo te sigo siempre, vayas a donde vayas, y nunca me has oído una queja». «Claro que sí, mujer, y que cuando meas te la coges con un papel de fumar».) Atrás, perforando el túnel de mi cerebro, retorno lentamente a la piel misma de las cosas. Siento, lejana, la voz del profesor que explica ante ella la edad de oro, otro tiempo sin caballo, ni coca, ni anfetaminas, todo lo que nos está matando un día y otro día. «Tú sólo te mamabas de *scotch* la noche del sábado, y una vez al mes jeringabas con alguna furcia. ¿O tal vez nunca has ido de putas, y ahora te crees que la primera va a ser para toda la vida?». He oído mi voz que sonaba como un eco lejano y parecía la imitación reiterada de algo que sale de mí, pero no lo parece. Y he quitado el seguro de una pistola. Pero él, sin perder la calma, pronuncia muy tranquilo: «Has entrado aquí por la fuerza, armado y rompiendo cristales. Ahora puedes disparar cuando quieras. Pero si lo haces, sólo será la agresión lógica a todo lo que te da miedo, porque lo desconoces, con la única razón de tu fuerza: las pistolas». Fuma su pipa sin inmutarse, el payo. Y a mí su cháchara me resulta una paliza. Con gusto convertiría su estómago en *gruyère.* O en colador. Pero cada movimiento de ella es como un seguro renovado del percutor de mis pistolas. Me llega su voz, que parece adivinarme el pensamiento, mientras observa el centelleo en mis ojos oscuros. «Tío no lo hagas, porque de ésta es seguro que nunca más podría verte». Vuelve a ser, por momentos, la misma putuela raposa de siempre. Y ahora, fácil, quiere marcharse a América. De catedrática. «¿Pero de verdad me dices que ahora te va mejor, con este socio?». Ella baja los ojos y parece buscar coraje en el culo del vaso que gira en sus manos. Y qué valor, cuando lo encuentra. «¿No ves que ahora estoy bien, Macario? Recuerdo todo aquello como una temporada en el infierno», dice, mientras mira un libro escrito en lengua extraña, de tapas azules, con el dibujo de un jovencito que lleva sombrero y fuma en pipa, las manos metidas en los bolsillos de una chaqueta antigua. «Demasiado sabes que hiciste de mí una desventurada. Contigo todo fue ir de desgracia en desgracia, con hierba, coca, ácido y caballo». Y recuerdo de nuevo el daño que ella me ha hecho y que nunca podría darle a entender cómo lo siento. Que duele en el corazón y en el recuerdo. Ya no tengo poder, porque fuera de mi pecera el pececito ya no es mío, y si se va se olvidará de mí un día para siempre. «Si llegas a quererte un poco a ti mismo, Macario, tal vez comprenderás por qué ahora quiero irme. Primero a Londres, a desintoxicarme, y después muy lejos y por mucho tiempo. A encontrar el olvido. A un lugar que en nada me recuerde los lugares y las personas ante los cuales no me he visto con luz ni claridad, cuando aún era oscura». Me produce una gran tristeza, Virtudes, cuando me recuerda que su camino y el mío son tan diferentes. Y aunque una rueda de molino me machaque las costillas y me muela el alma condenada, tendré que dejarla marchar. Lo que no habría conseguido la Guardia Civil con metralletas lo ha conseguido ella sola, así, no más con mirarme. «Te dejaré marchar, Virtudes, a partir de ahora puedes hacer lo que quieras. Y tú, barbas, mucha suerte has tenido de que ella te proteja, porque has vuelto a nacer por el canto de un duro. Rubita, barca nueva, te deseo buen viento». Buen viento y barca nueva, Virtudes, y adiós, hasta nunca. Mientras, salgo por la puerta grande de madera labrada con artesonados en el techo y bajo las escaleras de ajedrezado en blanco y negro, como un rey sin corona, mi majestad quebrantada, ni yo mismo me entiendo. Siento, en medio de todo, una extraña mezcla de liberación y de punzada fuerte en el pecho. Igual que si me lo traspasara una aguja saquera o una lezna de zapatero. O la aguja de hacer punto de media con la cual mi madre me hirió la mano cuando era sólo un mamón. Aún puedo ver la cicatriz en la palma abierta. Ya no llueve, mas me la repanfinfla, porque no volveré a ir de gato por los tejados. El viento, suave sobre la calle húmeda, me enfría el ardor de la frente y apaga el rubor de mis mejillas. Mónica siempre decía que todo lo que tiene un principio tiene un final. Lo que importa, añadía, es que sea bueno mientras dure. Me enseñaba todo esto sentada en la cama, en la habitación interior y oscura, sin ventilación y con tufo de estadizo, antes de acostarnos. Yo la descalzaba poco a poco, los zapatos, las medias, le besaba los muslos, se los chupaba, y después la desnudaba, los sostenes, las bragas. Todo me lo enseñó, Mónica, en aquella cama. Con la blusa negra de rayón desabrochada sobre las baldosas y el pañuelito rojo en el cuello, ella me cogía la cabeza entre sus manos, frenando mi deseo de lamer entre sus muslos, y dulcemente me decía: «Cuando seas mayor todas moverán el culo para estar contigo. Y yo seré ya vieja. Dios mío, creo que no podré resistirlo». El recuerdo de Mónica vuelve siempre, con dureza, cuando las cosas no van bien. Como ahora, que veo a Virtudes en el otro lado del mundo y sólo siento tristeza. Una tristeza animal, solitaria, la misma que siempre me ha acompañado por las calles de esta ciudad. Marco y decorado de una vida inútil y disparatada. Veinticuatro años defendiéndome de los otros en la humedad sin luz de callejones estrechos, sin salida. Peligrosos. Así, cuando escapaba de Santa Catalina hacia el mar, y al volver mi padre hacía silbar sobre mis costillas la vara de acebuche, su herramienta de trabajo, porque era colchonero, siempre tenía en los ojos una ciudad distinta. Una ciudad que nunca se me ofrecería de buen grado.

Así entendí que sólo tomando lo que deseaba podría ser mío. Nadie vino jamás a ofrecerme una ristra de moras junto a las zarzas, ni antes ni después de las cestas de fruta que Mónica compartía. Con gusto mi odio habría diezmado una población de compatriotas tan carcañés. Pero el aburrimiento fue en mí más poderoso. Miro hacia atrás y sólo veo un rosario de días repetidos; buena cosa para coleccionarlos, san Dimas, el buen ladrón. Una semana, y un mes, y un año y otro año: comer, beber, yacer con hembra, el sol y la sombra, el buen tiempo y la lluvia. Y la hierba y la nieve como una liberación de todo. Después, el ácido y el caballo. Llegué a olvidar incluso el coño de Virtudes. Me volví un eunuco. Enganchado, como una cosa mala, al chamullar de los camellos en el carló de Atarazanas. Solo o con bucanós de los que no se enteran. Carne de desgracia en manos de buchiles. Ahora sale la luna sobre un mar agitado y el cielo es gris, brumoso de presagios. Ayer un jabalí, cerdoso y fiero, y hoy un vulgar gorrino en vísperas de empalarlo. O como un toro, un torito bravo en el toril. Un hombre finiquitado. Incapaz ya de continuar el combate contra el mundo para curarme esta pena de la vida. Que al nacer me la adjudicaron. ¡Bingo! Es como si me dieran catapulta hacia *Son Tril·lo* o me llevasen al galope de corceles negros a *Can Pistraus,* como quien dice, a la mierda en bote. O sentir el ahogo de quien llega a tocar fondo, víctima de los propios actos, de las propias palabras, de los mismos lugares y de los mismos lobos. Camino a tientas y a ciegas por mis calles, a tontas y a locas, con el corazón desarmado y dos pistolas. Voy y vengo, como un herrero sin carbón, y no sé en qué muerto acabará esa aventura. Todo lo que era odio, rabia, ganas de matar al barbas, ahora se ha convertido en rodillas de manteca, desolación, ganas de llorar. Has aprendido a perdonar, Choco, y eso para ti no es bueno. Te has olvidado del tiempo y del lugar o has llegado a creer que ya no existen. El territorio es el mismo y nunca te ha perdonado, sabes que jamás podrá hacerlo. Todo es más limpio, parece transparente, cuando se miran dos pozos de cañones de revólver y un destello de fuego le ciega a alguien la visión del sol siguiente. O con las facas. El alba nueva en una caja de pino, con los pies por delante. Tal vez me ha embaucado, se ha quedado conmigo. Tal vez la historia de Londres y la clínica, la América de los yanquis, la desintoxicación, todo, solamente es una trola como un piano de cola. Yo no lo sé. Y ya correrás en pos de ellos, lebrel, o pintarás del color de la sangre y la verdad una estela sobre el mar o flotando en el aire. Lebrel que husmeó una vez perra ibicenca y nunca más volvió a catar su prim-prim. ¡Qué mierda, Dios mío, qué cojones y qué asco! Desde la sombra de tantas iglesias escupo al sesgo en los charcos donde barquitos de papel remedan naufragios. Y el peso de la soledad me invita a estar con alguien. Siempre a todos nos cuesta aprender a estar solos. Podría ir a ver al Pequeño Barón, o a Mónica. O podría ir a mamarme al bar de los travestis, con los gallardés y las corajaís. A chibelar mistó el carló requemado. Purriela. También podría asustar con las pistolas a un canónigo, a la puerta de la cangrí mayor, y aligerarle el peso de la bolsa, que debe ser demasié. Ésos ponen chitar mistó con la mui, parches y ungüentos a los matrimonios ricos, para disolverlos. Lo sabe Durruti, que me ha reconocido y se hace el remolón entre mis piernas. «¿Qué hay, majete, cómo estás? Cualquier día te llevaré a mi buhardilla, de compañero. Y en el café de Ángel, en Santa Catalina, te enseñaré la gloria que guarda tu nombre, entre pósters de guerra. Tú organizarás un día la CNT de gatos y el colectivismo de las gatas entre las sombras de la catedral». Aunque también me la podría cortar y dársela al animalito en rodajas, que se pegara una hartá con ella. Los gritos del loco, en un desván de casa solariega, alborotan la calle con catipén de incienso y sacristía. Ahora la vecindad santísima escucha tras los cristales y las persianas, con las cortinas corridas. A estas horas el Pequeño Barón le dará de ginebra, porque los aullidos le desconciertan. Mis pasos resuenan sobre las piedras incrustadas de su patio. Atrás quedan los arcos de la entrada. Vuelve a mí la dentera que me da el rozar de la suela con la piedra de Santañí de los peldaños. Y la frialdad del forjado en el pasamanos negro, los pomos amarillos, el tintineo de la campana dorada de aluminio. Anita Orfila me abre la puerta y llama a su hermano —«¡Pablo!, ¡Pablo!»—, por corredores inmensos, con paredes maestras muy altas y muy gruesas llenas de cuadros negros. Los chillidos angustiados del loco llegan, atenuados por la distancia y el grosor de la piedra. «Ahora Pablo bajará —dice Anita. Y me coge una mano y me arrastra por pasadizos y salas llenas de bibelots y antigüedades hasta su habitación—. ¿No tienes?» —pregunta, como siempre, haciendo pinza con dos dedos en la nariz—. «No, tía —le digo—, hoy vengo con pistolas». Se las enseño y ella simula una convulsión de espanto. Al lado de una campana de cristal con flores blancas, unas cerámicas de porcelana blanca contienen ramos de rosas blancas, y algunos pétalos marchitos se han esparcido sobre una mesa de madera fina. «Hace más de un mes que no salgo de casa —dice—, ahora me da miedo caminar sola por la calle». Y me enseña unos dibujos que hace de hombres y mujeres, con inscripciones. En uno hay un triángulo y una cruz, y dice: «Si Dios es patrimonio de los ricos, que Cristo lo sea de los pobres». «¿Te gustan?». «No lo sé». «No te gustan porque tampoco yo te gusto». Está majara de cuando se chutaba y de un empacho de optalidones, y ahora piensa que todo el mundo la odia. Si el Pequeño Barón tarda en bajar pasará como la otra vez, que se puso a llorar gritando que yo quería violarla. Y ya no va a cumplir los treinta, la baronesita, a pesar de su aspecto de miniatura delicada, algo más larga que la Virgen de Lluc. «Y hago también punta de ganchillo y en el mundillo encaje de bolillos, como siempre han hecho en esta casa las mujeres de mi familia». Pero yo salía ya al encuentro del Pequeño Barón que venía, cejijunto y malcarado, por el larguísimo corredor. «Choco, te dije que aquí no volvieras. Mis padres me han prohibido verte y si se enteran habrá un follón». Le miré de arriba abajo con desprecio y, asiendo su brazo con fuerza, le empujé hasta la chimenea con leños crepitando. Anita nos seguía a distancia, con unas orejas abiertas como platos. «Ésta, que se vaya». Y el Pequeño Barón le dijo: «Tonta del culo, ¡largo!». Cuando quedamos solos puse las dos pistolas sobre una mesita de ébano, junto a una botella de vino de Binissalem con un barco dentro: el Jaime Primero sobre un colchón de arena. «Por la memoria de mi padre, el colchonero, te juro que me la sudas, tú y tu ralea, incluida la idiota y sus dibujos. Pero necesito pempis, papiris, money, ¿lo has entendido? Y lo mismo me da venderte una pistola que descargártela en el cuerpo y saquearte el palacio. ¿Me has comprendido bien o quieres que te lo explique de otra manera?». Asintió con un movimiento de cabeza y se sacó de la cazadora de piel un talonario con las tapas charoladas. Decía Sa Nostra, porque debía ser suya o de otros como él. Di una gran palmada sobre los papeles y la mesa, de madera con carcoma, casi se viene abajo. «Te habrás creído que necesito el parné para pasar el fin de semana, tío, y aquí lo que hay es que voy sin blanca. Que no te enteras». El Pequeño Barón arrugó aún más el ceño, puso muy mala cara y farfulló entre dientes que aquello no se lo esperaba. Que sólo podía disponer de diez de los verdes en efectivo. Dos azules me enseñó, concretamente, para el caso lo mismo. «Ya me va bien comprarte la pistola, Choco, pero esto es así, te guste o no». Le miré con ojos terribles mientras decía por lo bajini: «A mí hay cosas que no me gustan, y otras que aún me gustan menos». Pero al ver que me sostenía la mirada con un resto de coraje, que no sé de dónde le llegaba, sonreí amistoso: «Vengan los diez, y no se hable más». Me iba ya tranquilamente, con el dinero en el bolsillo de los bluejeans, cuando en el portal enorme el payo volvió a las andadas. «Por favor te lo pido, no vuelvas que mis padres me han prohibido verte y no quiero complicaciones». Salí dando un gran portazo y con el rostro encendido. Me ponen en la cara una cerilla, y prende. Esperé largo tiempo en el patio, con la esperanza de darles un susto, a los señores de la casa. Yo quería tocar a generala. Cantarles las cuatro verdades del credo. Hablarles en el único lenguaje que ellos entienden: por cada ofensa, cuatro ofensas y por cada bofetada, cuatro bofetadas. A este proceder ellos le llaman hacerse respetar. Y yo también, es seguro que íbamos a entendernos. Pero habrían ido a un funeral donde Cristo dio las tres voces, porque se hizo noche cerrada y no habían regresado. Entonces grabé, con mucha paciencia y con la ayuda del estilete automático, letra por letra, una frase en la madera del portalón. Entre las dos aldabas escribí: «Habrá sangre», y firmé: «Choco». Partí ligero por haber cumplido y porque iba con una pistola menos. Siempre supe cómo son, los de la casta del baroncete, que nada bueno se puede esperar de ellos. Ahora mismo, el gran amigo, aceptaba comprarme una pistola sólo porque yo tenía otra. En caso contrario, habría llamado a la policía. Fácil. Y yo me había rebajado a visitarle porque en la guarida de Juanito Albert fue uno de los que me juraron amistad eterna. Un día volveré a Montlleó, pero con las pistolas. Esa gente no entiende otro lenguaje. Cada vez que me he dejado camelar por ellos, me han dado más palos que a una estera. Y después, anda, Choco, quieto parado, busca talco y parches sor Virginia. El cuño lacrado del poder: te utilizan mientras les rota y cuando dejas de ser necesario, patada y a la mierda, sin contemplaciones. Pero intuyo que, con el látigo en las costillas, esa hez vería el mundo de otra manera. Claro, acostumbrados a poner el pie sobre un cuello ajeno, si alguien les hace cosquillas o corta la hierba de su territorio, se encabronan y protestan. No conocen el sabor de la fusta, pero la necesitan. Ahora me pierdo por las calles, grises bajo el sirimiri que me empapa lentamente pelo y ropa. Tengo la cara llena de agua salada, de lágrimas, y la lluvia, por veces aguacero, me limpia la mirada. Entre paralelas de cielo, en lo alto, ha salido Orión. Mónica siempre decía que era mi estrella, porque es la que brilla más. Callejones de miedo con sombras de misterio. Una cerveza en un bar minúsculo, engullido por el trasiego de los estudiantes. Marilyn, con mallas negras de putaña, o de tanguista, sentada en el suelo me enseña unos piños blanquísimos en la boca pintada. Pone cara de mamona. Ve pasar al mundo entero desde la pared, tras el mostrador. Y al otro lado, James Dean en moto. A punto de arrancar, con reprise a todo gas, y levantar el vuelo con destino lejano. Donde no se oiga el murmullo de los medio mierdas mientras hablan de lo que harán el sábado. O seriamente preocupados por tener que partirse los huevos en pos de un título que les servirá de salvoconducto para llegar antes a una oficina de paro. País de mierda, la leche, que me sienta como una maldición o como un traje hecho a mi medida. Y por la calle, las chais andan estrechas. En el centro de la ciudad ya iluminada, otro bar en danza. En la Plaza Mayor, precisamente, con gente de confianza, contactos de la bofia. Aun así, la ínclita pestañí no da pie con bola frente a los profesionales del tirón a la cadena, de eslabón o cordoncillo, ni con el personal de chirla en punta al hígado fatigado de las viejecitas. Y otra cerveza de pie, en el mostrador manchado de moscatel o de fino, con recortes de prensa enmarcados que hablan de Alfredo, el dueño, primero boxeador y después matador de toros. Ahora guarda la zona al servicio de los municipales. Y aquí Cerol, con la curda de siempre, en medio de dos uniformes azules que se lo llevan. Municipal y municipala. «¿A un hombre enfermo le vas tú a pegar? ¿A un hombre enfermo? Que te busco la ruina. Yo te he de ver pedir limosna. A ti, sin una peseta». No quiere salir y el policía local, con buenos modos, intenta hacerle avanzar hacia el Ayuntamiento. «Anda, Toni, vamos, date prisa y no te busques más complicaciones. No te tienes de pie. Tú ya sabes que a mí no me harás perder la paciencia. Pero guarda compostura cuando te vea el capitán. Él es una autoridad y, con la autoridad, ni de bromas ni de veras quieras dar para peras». Cerol, menudo y pálido, un don nadie envejecido con cara de chueta y cuerpo de equilibrista, le mira con ojos centelleantes. Y vomita la cogorza que lleva encima, de campeonato. «Yo a ti te busco la ruina. Vamos al Ayuntamiento, que se lo contaré todo al alcalde». La policía joven se mea de la risa. Ahora va uniformada y está de servicio, pero la tengo clisada en las salas del Jonquet, de farra y de marcha, buscando plan en las pistas oscuras. Una real hembra, la Felipa, que trota cuanto quiere y más, porque puede, en compañía de algunas filigranas. Más de uno, de los de categoría, se la ha comido. Hombres de calidad, naturalmente, de los de Dupont de oro, descapotable y apartamento en Illetas, frente al mar. Que todo esto el Menda lo sabe y lo tiene controlado, vaya. Y es que cuando se saca el uniforme, resulta una chai de bandera. No encaja del todo en su papel de Madama Autoridad, creo que no es el que mejor le sienta, no. Lo sabe incluso su padre, que le da órdenes porque tiene graduación de sargento en la municipalada. Y hay que ver cómo se pone, el bato, si se entera de que algún virtuoso toca las cuerdas del instrumento secreto de su hija. Cuando ella quiso separarse del marido, vete a saber por qué tuvo Felipa la ocurrencia, el padre la disimuló detrás del uniforme porque el ex me la tenía amenazada. Muy pronto, sin embargo, tuvo que reconocer que su criatura, encanto mío, ángel de Dios, era de las de conejo a la cazadora. Quieras que no, la Felipa, de juerga o de servicio, siempre lleva detrás una cola de machos. Pero a ella lo mismo le da, es la alegría ambulante de gira por el mundo, contenta y zalamera. Y sus caderas, ¡ay, sus caderas! Cuando le gusta un conductor zorrón, paraliza el tránsito de las Avenidas y se pasa una hora cotorreando con él, sin importarle que no la hayan puesto en la tarima para organizar aquellos atascos de la gran puta. Y más de uno se hace el remolón o el encontradizo, en el cruce de marras, para adorar a la virgen en su peana. Con más municipalas como ésta, yo me jubilaba de delincuente. Pero ¡qué va!, Felipa no hay más que una. Cualquier día se sacará el uniforme, lo colgará para siempre y se ganará más dulces y más sabrosos los necesarios, así, moviendo el ombligo. Ese día querría estar cerca para ser el primero de la lista. ¡Porque buena, lo que se dice buena, sí que está! Nada me extraña que Cerol, con el saco de sus años en la espalda, aún me la tenga ubicada, de arriba abajo, tal ahora que le dice: «Y tú, cara guapa, cosa más tierna, no te rías que vas de urbana...». La espalda encorvada de Cerol, entre los dos uniformes, hace de su silueta un punto interrogante sobre el decorado de fondo: la fachada del Ayuntamiento. En la campana de Figuera suenan, poco a poco, ocho campanadas. Para alguno será la última hora, porque todas hieren y la última mata y el tiempo huye. O es ahora cuando a un enfermo le sube la fiebre y el dolor. Ahora los animales cierran sus párpados y en el Barrio Chino, mi Brut querido, empieza el jolgorio y la jodienda. Me llega, muy lejana, la voz de Cerol que dice: «... pasan coches por la derecha... pasan coches por la izquierda... siempre pasan coches por la calle y cuando llueve todos se mojan... ¡Y cuánta gente en la procesión, pero todos tienen una casa!». Escuchar a Cerol ha sido como beber aceite. Muchas madrugadas, cuando salgo del bingo del Trocadero, arruinado, le veo durmiendo en un banco de la Rambla. En invierno se cubre con papeles de diario que la lluvia, tamizada por las hojas de los plátanos, deja hechos una sopa. En verano, los chaperos que se han ocupado en coches de señorones le traen un bocadillo a última hora, para que no se muera de hambre. Sólo le aceptan en el Hospital de Noche, pero ya ni por allí se acerca. Prefiere emborracharse hasta que se cae, y luego va y la arma de madrugada con los marginados del Puig des Bous, a contarles disparates y truculencias. Así acabarás tú, Choco, engullido por la ciudad abrumadora, para ti concretada en cuatro calles y media docena de tascas. Tu ciudad, con plazas pobladas de caras conocidas y cafés donde puedes pronunciar los nombres de los dueños y de los camareros. Gente que te conoce y sabe quién eres, no les engañas. Por lo demás, poca cosa: cuatro camellos y cuatro putas. Turbios finales de fiesta en tu buhardilla que esta noche te da miedo porque es como una ratonera. Ahora, ni Atarazanas ni el Barrio Chino te parecen lugares seguros. Por primera vez has conocido el lenguaje del pánico. Ya no está nada claro que mañana llegue a ser otro día. La putita y el barbas te han comido el coraje y la moral. Y el caserón oscuro y húmedo del Pequeño Barón ocultaba traiciones antiguas detrás de cada sombra ensartada por el grito del loco. Sabes que Agustín te busca y quiere empapelarte. Tal vez por cuenta propia. Pero quizás se mueve a las órdenes del padre de Virtudes, de Juanito Albert o de la familia del Pequeño Barón. Has descubierto el miedo, el temblor que engendra y lo hace crecer. Te sientes solo y no sabes hacia dónde volverte. Bien decía mi padre, cuando todo parecía ir bien pero se venteaban aires de trompadas: «Todos verán como las risas se vuelven lloros». Y en un santiamén la rama de acebuche que era su herramienta, o la barra del hule de la mesa del comedor, silbaban sobre mi carne macerada, y me deslomaba. El garrotazo con la barra, cuando el viejo iba cegado, desgarraba el cielo raso en diagonal, como si fuese una telaraña. Y al ver que ni me había tocado y que debería parchear el techo de la planta baja tan catalinera, con la coña añadida de los vecinos, que salían al portal para enterarse, su rabia se convertía en un volcán. Mónica fue, en medio de todo aquello, la primera cosa buena que me dio la vida. Una mujer de verdad, como jamás he vuelto a encontrarla. Cuando la veo envejecida, sentada en la misma mesa camilla, tras los mismos cristales de la misma casa, al fondo del callejón sin salida donde termina el Barrio Chino, siento que el corazón se me rebela contra muchas cosas imprecisas que no sabría explicar demasiado. Mónica nunca debería morirse. Y basta que me siente un rato en cualquier café de la calle de Santañí, o en el antro de la Gitana Blanca, para que alguien se lo vaya a contar, y le falta tiempo para venir a mi vera, invitarme a beber y ofrecerme todo lo que lleva encima. Los billetes mugrientos y sudados que saca del escote, el poco dinero que dejan los estudiantes cuatro ojos o los campesinos que venden almendras y se los gastan en la ciudad, cuando se les pone dura. Es triste reconocerlo, pero ya sólo ella me queda, en esta vida. Y más triste aún reconocer que fui yo quien la abandonó, cuando empezaba a perder facultades. Aunque, en el fondo, fue ella la que me empujó a partir. Siempre decía que conviene podar los árboles para que las ramas jóvenes puedan crecer lozanas. Creo que no me la merecí jamás. Ya ni sé lo que me hago, pensando en tiempos idos, aquí, en el bar de los travestis, sin atreverme a entrar en el laberinto construido alrededor del miedo y la miseria. Ellas entran y salen del reservado con mampara, van con clientes anónimos que se acercan al vicio y a la perversión de los bajos fondos envueltos en las sombras. Después, de dos en dos hacen la ronda por la acera de Herrería que da a la Puerta de San Antonio. En la barra chupan bebidas verdes y rojas, hablan de su coño, de hombres que podrían hacerles un hijo, de tener la semana, de ser más mujer que la otra, aquella que sólo es una maricona con faldas. Si algún cliente se hace el remolón y no osa entrar en el cubil, le recuerdan que ha comido más pollas que cabellos peina en la cabeza, bordando los improperios con jaculatorias:

«¡Jesús, qué valor!», «tócame el coño, anda» o «cuando me pongo loca soy capaz de cualquier cosa». Me aburren. Y viene Pepi a mi lado, dice que ya no voy nunca a verla y ella no se lo merece. Que sufre porque no se le levanta con los clientes habituales, los macarras más chulos del barrio. «Me pagan bien, con el dinero que les chupan a ellas, pero tú, Choco, eres el único que me hace correr». Un mercado convenientemente repartido. Mientras la escucho veo mi rostro en el espejo que hay detrás de la barra. Fumo de su Camel. Hace tiempo que va caliente de mí, Pepi. Cuando el Rubio salió de chirona vinimos aquí y nos emborrachamos. Yo puse un montón de pasta sobre el mostrador, invitando a todo el mundo. Y al día siguiente el sol me despertó en la cama de Pepi, en un apartamento que comparte con otra del gremio, por San Agustín. Me sentí a disgusto, desconcertado. Resultaba un mal trago para mí aceptar que había pasado la noche con el cuerpo de un hombre completamente depilado, que la noche anterior iba con tacón alto, falda estrecha y medias de malla. Ellas dos discutían desde la cocina sobre quién debía hacer el café y preparar el desayuno. «Te toca a ti, maricón —decía Pepi—, que cuando vas de politiqueo con los del movimiento gay yo me abro y te dejo el campo libre. Y cuando viene tu amigo el transformista, ¿quién ahueca el ala? la Pepi. Esto tú a mí hoy no me lo haces...». La otra rezongaba no sé qué mientras yo acababa de vestirme y salía de estranquis, sin acabar de creérmelo. ¡Qué valor! Y lo peor es que me lo había pasado de puta madre, dándole por el rulé toda la noche, mientras ella me contaba sus primeras experiencias en el café de Alcori y cómo se volvían locos por ella los campesinos acomodados de la comarca. Después, a los veinte años, algo tarde, decía, se había hormonado hasta llegar a ser una mujer. Más femenina, si cabe, que muchas nacidas con la hendidura entre las piernas. Yo huía, escapaba de ella y del recuerdo de la noche anterior. Bajaba una cuesta empinada hacia el autobús, y en la carretera me encontré con los mierdas por todas partes, los mismos que hace poco eran grises, y pensé que algo habría sucedido por los alrededores. Me paré en un bar a tomar un café y el camarero me dijo que todos los sábados, si venía el rey, aquello se animaba con el color de los uniformes. La vigilancia, para la seguridad de él y de su familia, era exhaustiva por tierra, mar y aire. Pero aquel hombrecito se quejaba. Los depósitos de CAMPSA seguían donde siempre. «Cualquier día será un susto muy grande y una llama gigantesca. Yo lo sentiré mucho por ellos, porque me caen bien, pero aún lo lamentaré más por mi pequeño negocio, que quién me mandaba montarlo donde ya está montado, y quiera Dios que pueda disfrutarlo muchos años». «Con salud y alegría», le deseé. En la luna del espejo donde me estoy mirando, mientras la cháchara de Pepi y la labia y el batiburrillo de las mariconas me ponen la cabeza como un bombo, se dibuja una figura pequeña, de negro, que avanza lentamente hacia la barra. Es el Calorro de la Vara Alta, que controla a los suyos en la zona y les infiltra estratégicamente en los lugares más convenientes. Se sienta a mi lado y me pone una mano en la espalda: «Mal montado lo tienes, Choco. Agustín ha aparcado el coche aquí detrás y te anda buscando. Tamború sos ne pirela, cocal ne chupardela, que decimos nosotros: perro que no anda, hueso no tropieza. Sabe que vas con pirona y con achuri. Ahora le entretiene cerca de aquí, en el Hollywood, María de Inca, cuñada de mi mujer, la mejor de mis chais. Por ella lo he sabido y he corrido a buchardártelo. Ábrete inmediatamente, Choco, que ése quiere escarfielar la faena contigo. Así se mueran mis churumbeles y me quede yo ciego si te miento». El Calorro siempre me ha tenido una lealtad que le sitúa por encima de las propinas y favores de los bofias. Pintan cojones. Agustín y sus amigos se partieron los cuernos estudiando y, a la hora de la verdad, su trabajo en el charniqué se reduce a cuatro fichas, más pasadas que el coño de la Corró, y los confidentes, chivatos que están hechos de la espuma de Barrabás. Pronto me enseñó la vida que incluso el asesino a sueldo tiene más dignidad que el confidente. Chachipén sinela, aquél por lo menos se la juega. También lo tiene claro, el Calorro. Afilará la sin hueso en contra de las bandas contrarias, pero sabe chitar mistó en bien de los amigos, y por ellos pone en juego lo que haga falta. Cuando yo también me vi obligado a trabajar para los pipas, todos me negaron el saludo y me trataron como a un merdó apestado. Sólo Mónica, a pesar de los anónimos, hizo siempre como quien no se da cuenta, y cortaba por lo sano cualquier referencia a mi canguelo. «No es un chivato, y basta de este asunto o me cabreo». Me defendía con uñas y con dientes, y con el tacón del zapato en la cara del bocazas, si era necesario. Y decía que el niño —es decir, yo—, no tenía más remedio que fingir hacerles el juego para que le dejasen en paz de una puta vez. Pero cuando rompí con Agustín, a la vista de todos, un día, sin venir a cuento, me dijo: «Como hay Dios, Choco, que de los cabrones sólo se pueden esperar cabronadas, y ahora empiezas a ser, otra vez, el de siempre». Creo que el gesto de solidaridad del Calorro me ha recordado demasiadas cosas. Se la juega por mí sin pedir nada a cambio, con una nobleza que pocos sabrían entender. Porque la vida está mensurada con los compases del orden y de las transgresiones que sólo a unos pocos se les permite arbitrar. Ahora me siento emparedado entre los muros de estas calles. Y más allá, me encarcelan los muros de la ciudad entera. Una vieja historia, un conocido hedor, una larga condena. Con los colores de puertas y ventanas aquí presentes —azul, amarillo, verde y rojo— que parecen el sueño delirante de un enchironado. Un presidiario con cadena perpetua que alcanzó la alucinación y llegó a pensar que al pintar los barrotes, éstos se volverían de caramelo. Y los caramelos sólo sirven a los curas y a los obispos, para fingir que se endulza la amargura. Aquí, sobre estas losas meadas de gato, húmedas del agua sucia de las jofainas, el barrio es sólo una cárcel lenta y dolorosa. Aquí se cuecen los males y los engaños, los desengaños, las penas. La locura de los licores destilados y de las vidas extraviadas. El desespero, que estalla a altas horas y es una bofetada en el rostro del borde que ha preguntado, con la inocencia de los peores bastardos, por el precio de la carne a peso. Sin pararse a pensar que se halla en el matadero, entre las sentenciadas. O el llanto de angustia de la que, por una vez en la vida, se interroga sobre la diferencia entre la realidad de todos los días y los proyectos secretos que su corazón guardaba veinte años atrás. La voz de espanto de los locos sin esperanza y de los borrachos melancólicos, rotas guitarras viejas, igual al grito de mi padre por los corredores de Jesús: «Chiqui, ¡no me dejéis aquí con todos estos desconocidos!». Y cuando me acerqué a él para tranquilizarle, me mostró la humedad de sus ojos de pena, bien visibles a pesar de su voz autoritaria: «Ya es hora de volver todos a casa». El sol se ponía sobre la fachada del manicomio. Una oscuridad tenue y lenta entraba en el jardín, donde pronto las flores serían todas de color negro. Dejando atrás el alarido de mi padre, el portero cerró las verjas y, como quien te dice a más ver, sentenció: «Ahora quedan todos encerrados: los de aquí, dentro; los de allá, fuera». Cárcel o manicomio o cementerio, las calles del miedo ahora son fantasmas por primera vez. Las sombras se alargan, suben por las paredes, los gatos las pisan y los charcos las empapan. Poco después mi padre murió feliz, tranquilo, sin dolores ni angustias. Mi madre le temía. Un día, cuando al viejo la cabeza empezó a fallarle, quiso matarla con una cuchilla enorme de carnicero. Tal vez se lo merecía. No por lo que hubiese podido hacer aquel día, sino por lo que había hecho durante veinticinco años de dureza de corazón y egoísmo. Siempre de dientes afuera, y con las uñas afiladas. «Tócatelas, Choco, o prepara el culo —me dice Ricardo, el hijo de Esperanza, un enano al cual me sobran motivos para llamarle hijo de la gran puta—, que Agustín te busca encabronado». Desaparece en un santiamén con el cajón de limpiabotas bajo el brazo. Y yo decido que me voy a tomar tranquilamente otra cerveza. Después, a la hora de la cena, mi madre depositó veinte mil duros sobre la mesa: «Es para ti, son tuyos, porque has sido un buen chico». Las veinte monedas que marcan el precio de un hombre. Por servicios prestados y buenos oficios y mañas para llevarle donde hablarían de fútbol, a tomar una cerveza con amigos, hinchas del Baleares. «Chiqui, ¿qué me habéis hecho?», gritaba en el último momento, mientras se lo llevaban. Y ella me acercaba el montón de dinero al plato de sopas con col, señalándolo con el índice, imperiosamente: «Cógelos, son tuyos, te has portado bien». Aquel fandango se lo arreglaron unas mal nacidas de los Servicios Sociales del Ayuntamiento, o del infierno, con mucho papeleo y sellos rezumando tinta. Y parecía tocada por guindilla en el culo, la vieja, con prisas por vender la casita que el viejo había construido, con sus manos, en un pequeño solar de s'Esgleieta. Un misil parecía empujarla. Veinte mil duros para ti y tres millones para mí. «¡Te los metes en el chocho —le dije—, o donde te quepan!». Y le arrojé a la cara los billetes y estampé el plato en la pared de cal blanca. Se formó una mancha aceitosa bajo la lámina enmarcada de la cena de Cristo con los apóstoles. Salí dando un portazo y sólo volví a verla en la caja de pino, vestida de negro y con mantilla. Únicamente Mónica me vio llorar, aquella noche. Pocas horas antes, armé una trifulca en un bar de la calle Ballester y le rompí la nariz a un marine papanatas. Y el dueño, que había sido bailarín, teñido de pelirrojo decía «quiero, quiero», y me sacaba fuera desde una distancia prudente, sin osar acercarse. «Queridito, tú serás mi ruina, este hombre es una desgracia para la casa. Con amigos como tú no necesito enemigos, digo». Y cuando Mónica, en la cama, me preguntó qué me sucedía, por qué me agitaba, con ahogos, y no podía conciliar el sueño, sólo supe decir: «He estado a punto de matar al perro del sarasa del "Tronío"». Y me pasé toda la noche llorando, sin saber demasiado por qué. «¿Dónde está el niño, dónde está el niño?». Mónica ha entrado y todas miran hacia el fondo del bar, donde estoy amorrado a la cerveza y montado en un taburete. La encargada le susurra palabras al oído y me parece oír: «Aquí se lo cargarán...», «... mírale la pistola...», «... por su bien que se vaya...». Mónica llega hasta mí y me besa y me deja húmedas las mejillas con el agua tibia de sus lágrimas. «Ven...». Me ha cogido de la mano y me arrastra fuera, hacia la calle oscura. Los neones del Hollywood titilan en rojo, y ella tira de mí hacia el corazón del laberinto, hasta el callejón sin salida donde los clientes van en busca de la carne estadiza y ajada. Cierra puertas y ventanas de la planta baja y saca una botella de Terry y dos copas. Nos sentamos en un sofá de plástico rojo, ante una mesita con veleros pintados. «Bebe —me dice, mientras llena la copa que yo apuro de un trago. Me sirve otra—. Y ahora, ¿qué piensas hacer?». Tomo el segundo coñac, que me sienta como un golpe en el estómago, y me oigo pronunciar «no lo sé», mientras siento que mi cerebro está vacío como un papel en blanco. «De verdad te lo digo, Mónica, no lo sé». Y empiezo a entender que huir no servirá de nada y que mi destino está escrito y que se acerca la hora de la verdad. Ella se mira las uñas rojas despintadas sin decir nada. Después llora en silencio y se encoge sobre sí misma, como si buscara la posición fetal. Llega desde la calle una voz clara y segura: «¡Choco! ¡Choco! ¿Me oyes?». Es la voz de Agustín, bronca y enronquecida por el whisky y por los coñitos viciosos de las mellizas francesas que le hacen cuadros. Mónica me mira y deja de llorar. Saco la pistola y me acerco a la ventana, casi a la altura de la calle. «¿Qué quieres, Agustín? ¿Qué te pasa?» Le veo solo al fondo de la calle, ante el taller de carpinteros, rodeado de sombras. «Sal, Choco, sal y no te busques más complicaciones. Acompáñame y no les pasará nada a ninguno de tus amigos». Mónica se cuelga de mi cuello, me dice que no salga, llora. «¡No escuches los cantos de sirena de este hijo de la gran puta!», exclama indignada y temblorosa. Lentamente le abrazo los hombros, la llevo hasta la habitación y la siento en la cama. «¡Choco, Choco! No comprometas más a la buena gente, que no tiene ninguna culpa de tus fechorías», vuelve a gritar Agustín desde la calle. «Como hay Dios que no tienes alma, Agustín, y me la tienes jurada. Buscas roña en el cuévano porque te sale de los cojones. Y vas a por mí sin papeles ni nada. Si no te largas, aquí se armará una fiesta de fuegos artificiales. ¡Una falla valenciana! Ya he dicho bastante, bofia. ¡Con lo que hagas, serás tú el responsable de lo que pase!». Se crea un silencio largo y espeso, como de manteca, que se puede cortar con una achuri. Finalmente se oye su voz, lejana, más allá del final de la calle. «Me voy, Choco, pero te echaré el guante antes de lo que crees. Te cogeré sin correr, puedes jurarlo. Y si quieres papeles, borde, tendrás papeles. Una orden de detención, y cuando te ponga la mano encima las pagarás todas juntas». Sale Mónica, más serena, y me pone un manojo de billetes en el bolsillo. «No pierdas tiempo, que no tardará en volver con el cero noventa y uno. Sal por la puerta de aquí al lado que da al Noche de Palma, tú ya sabes por dónde te digo, y pasa a Ballester. No te detengas por nada y sigue por los callejones de los gitanos hasta Santa Rita, abogada de imposibles. ¡No te pierdas, corazón! En la plaza de la Paja coge un taxi que te lleve al Jazz y Tabaco Rubio de Portopí. Haz que Amelia te conduzca al despacho de Matías. Es mi sobrina, que recién ha llegado de Valencia. Yo hablaré por teléfono con el dueño y podrás pasar la noche en una de las habitaciones del *meublé*. Y mañana, Dios dirá». Lo hice tal y como ella me había dicho. Temblando de espanto, porque un radio taxi conectaba con la central y con otro taxi que bajaba de Génova. Después puso la radio y escuché un programa donde un tal Jesús, que se hacía llamar el Loco de la Colina, entrevistaba por teléfono al ministro de los policías, que hablaba de un plan para acabar con los terroristas. Todo aquello no me resultaba confortante ni tranquilizador. Y el tal Jesús se hacía el majara cada vez que el ministro consideraba que una pregunta o un comentario no procedían. Hablaban mucho de Villa Martín, que no sé por dónde coño cae. Y el mochales, con acento andaluz, le apretaba al ministro las clavijas y después le decía que no se lo tomara a mal, que él, locote como estaba, no tenía nada en absoluto en contra suya. Nada personal. Además, dejaba caer el locutor, toda España sabía que su programa era lunático y tarumba en la voz de un sonado como una campana, porque vivía en lo alto de una colina. Cuando el taxi me dejó en la puerta del Jazz y Tabaco Rubio, el ministro ya volvía a protestar porque el guillado le había puesto otra vez contra las cuerdas. O no sé, tal vez dijo entre la espada y la pared. Ahora tocaban el tema de las medallas al mérito policial, que se concedían a los inspectores más conflictivos y controvertidos. El taxista no paraba de reír a carcajada limpia mientras me cobraba cuarenta duros, con la propina. «Rediós, que si me los llego a tomar en serio —me decía— aún me harían cagar hostias, manada de parásitos». Y un portero, con sombrero de copa y frac azul, me abrió la puerta y me dio la bienvenida. Me encontré caminando por un corredor inmenso, casi flotando sobre una alfombra roja de un grosor de medio palmo. Vi cuadros en los muros, como ventanas, con hembras despelotadas y a punto de tragar lo que les echen. Amelia estaba ocupada con un cliente, me dijeron, y yo me instalé en la barra chupando un whisky. Chais las había a tutiplén, de todos los colores y para todos los gustos. Corajais, calorras, gallardonas, sudacas, amarillas, todas ellas angeladas. Y los gachós las venteaban de lejos, como lobos hambrientos, bien vestidos y perfumados, con la cartera llena. Un ventanal inmenso y apaisado ponía marco a la bahía, con la catedral al fondo como una de esas postales que gustan a los guiris. Y ellas iban y venían por los corredores, solas o acompañadas, hacia las habitaciones o hacia los licores. Una clientela de categoría, sí señor, con payos de pocos escrúpulos a la hora de hacer circular papiris para tener lo que buscan con seguridad y reserva en los cubiles. Buena cosa, el puticlub de lujo; saltaba a la vista. No creo que hubiese otro mejor en la ciudad. Una vieja enjuta y enlutada vendía flores: rosas y claveles rojos que pasaban a adornar los escotes y las cabelleras de las mujeres. Todas las flavias iban floreadas y parecían escenificar las posturas de unas mujeres desnudas pintadas en un gran cuadro colgado detrás del mostrador. La más guapa se bañaba y las otras le preparaban la toalla o bailaban en la orilla del río y tocaban flautas o caramillos. La vieja me ofreció flores y yo iba a comprárselas, para Amelia. Pero con un gesto nervioso y torpe le tiré el whisky encima. Ella se espantó mucho y la cesta se le cayó. La moqueta quedó sembrada de claveles. Me miró con la furia de los siglos en los ojos. «Aire y lejos, puerta, gafe cenizo, que a ti no te tocarán las mismas de mañana. Das y llevas la negra, ¡desgracia!». Por el fuego que había en su mirada comprendí que muy pronto yo iba a ser sólo historia. Me había leído en los ojos el cataclec. Con todo, aún tuve arrestos para espetarle: «A mí no me acojones, bruja, que estoy que no veo, ¡malhaje!». Y ella, de espaldas a mí, que ya ni se molestaba en mirarme, profetizó en voz baja: «Tus horas están contadas, chalado, tocarás pirandó para siempre y tu cuerpo serrano será cena fría de los gusanos que van a manducarlo. ¡Malfario!». Se fue y me dejó con la palabra en la boca y mal sabor, cuando ya estaba a punto de decirle: «¿Mamaste leche de cabra, mala puta, o te estás quedando conmigo por la cesta y la banasta, las rosas y los claveles?». Pero no dije nada y apuré el último trago que quedaba en el vaso. Estaba claro que la bruja no había errado el tiro. Línea y bingo. Fácil, así se las ponían a Fernando Séptimo. Espíritu de Francina, que todo cuanto ve adivina. Me iba a venir con éstas. Precisamente a mí. Y tal día como hoy. Ya sólo me faltabas tú, alcahueta de mierda. Éramos pocos y la abuela parió. Con la banasta y los claveles, ha tenido que venir a anunciarme la negra. Floripondiada. Ahora sí, lo veo claro como el agua, solamente me aguarda la noche, con la guadaña, como una garra que está ya hurgándome el alma, hacia el infierno. Tienes las horas contadas, Choco. Será directo al corazón, con las achuris, o baleado a la mala en un descampado a oscuras, pero tu cuerpo se parecerá a un colador. Eso está hecho. *Consummatum est*, que decía en Semana Santa el mosén de tu barrio. Por eso ni te inmutas cuando entran los mierdas uniformados y empiezan a registrarlo todo, poniendo contra la pared a algún julay e quer, y los pisaverdes levantan el vuelo. Ellas protestan, chillan, dicen que sólo sirven para venir a cabrear cuando nadie les llama y cuando se les necesita no se les encuentra en ninguna parte. Imágenes del miedo atroz, pájaros de mal agüero, mirlos que mordisquean duraznos y peras en dulce con sus picos despiadados. Copos de nieve, tamos, bagatelas, pavesas, a cada paso prepotente la porra y la pistola golpean en sus flancos. Estampa odiosa que observo impasible hace demasiados años, impotente, espantado. Y quien les deja hablar no puede ya ahorcarles. Porque salen del campo de Badajoz o de Albacete, o del otro aquél donde Judas perdió las alpargatas. Cerca del paisaje de Cristo y las tres voces. Y habrán pasado lo suyo, abandonando los terrones para agarrar la tranca de espantar moscardas. Y aquí estoy yo, digo, talegón donde los haya, considerando vida y milagros de los lacayos del orden al servicio de todos los poderes. Casi haciendo una cuestión personal, idiota de mí, de lo que hace esta panda de mamones, como si se la machacan. Y ahora, mientras les doy la espalda y salgo por la puerta grande, sin esperar a Amelia y despreciando el refugio, sé que pronto me buscarán por todas partes, hasta encontrarme. La luz anaranjada del castillo de Bellver brilla a lo lejos, y en aquel pinar pasé horas bellas de la infancia, resbalando con la pinocha y a rastras sobre el musgo. Que cuando lleguen, sólo me protejan las sombras de los mismos árboles. La pólvora vendrá, con su olor a muerte, y se confundirá con el aroma de las matas. El recuerdo que ahora siento, muy vivo, es lo único que no habrán podido arrancarme camellos ni bofias, bujarras ni putañas. Pronto, cuando todo acabe, sabré que conmigo se extingue el recuerdo penetrante y la nostalgia de un reloj que siempre funcionó con el movimiento de las agujas invertido.

Palma, primavera-invierno de 1986

Yo te retiraré, Carmela

ME habían dicho que acababa de llegar al burdel de Apolonia una ternera nueva que estaba buenísima. Venía de Alicante con una estela misteriosa, hálitos de tragedia y rumor de navajas a lo lejos. Dos hombres se habían batido por la pájara, con acero de Albacete, y uno fue a dar con sus huesos en la cárcel y el otro seguía en el hospital. Ella, mientras tanto, en Palma, causó estragos por la calle de la Herrería y ahora daba peso y calidad a la casa de citas de Apolonia.

La conocí en el cine. La falda tubo, negra y ajustada, apretaba unos muslos que se curvaban, perfectos, sobre las piernas espléndidas, y el conjunto conformaba unas solemnes columnas griegas. Y en el talle, un jersey estrecho de cuello de cisne, rojo rabioso, frenaba el desbordamiento de unos pechos generosos, eurítmicos. Mientras daba pasos arriba y abajo, durante el intermedio, fumaba tabaco rubio, muy aromático, y era una amenaza evidente para los hombres que la miraban con la boca llena de agua. Cuando pasó por mi lado, envuelta en la voluta de humo del Virginia, apenas creí percibir un leve parpadeo en sus ojazos, negrísimos, pero quise pensar que casi me llegaban lejanas invitaciones. Sin embargo no osé acercarme a ella en público. Un movimiento en falso puede ser un fracaso, y en estas cosas siempre me ha gustado pisar sobre seguro. Era evidente la mueca de asco que sus labios dirigían a los más desvergonzados que la miraban con descaro. Y para descaro el mío, pensé, mientras retiraba la cortina de terciopelo rojo y le cedía el paso para entrar en la sala. Aquel cine lujoso, el mejor de Palma, se había construido en el solar de los almacenes de Can Mir, que sirvió de cárcel para los rojos durante la guerra. En Mallorca nunca les hemos dejado medrar, a los putos rojos. Y me toca los cojones con la mano mojada, Javier, cuando me viene a hablar de socialismo. ¡Qué coño han de ir a predicar socialismo a un hombre como yo, que se ha hecho en los cabarets y las casas de citas, rodeado de chichis y de querindangas! Yo soy de los que agarraron unas buenas purgaciones a tiempo y siempre he sabido agenciarme a las mejores hembras de Europa. Este mismo verano, sin ir más lejos, ha sido la hostia. En la ciudad aún se comenta. Y el cabeza de chorlito de Javier, dale con el socialismo. Qué me va a contar a mí, el picha floja. Ya me dirá dónde del mundo se vive mejor que en Mallorca.

Me fui a sentar a su misma fila. Mientras le rozaba a conciencia las piernas, al pasar, me pareció ver que sonreía. Quién sabe si le gustaba. Al apagarse las luces, su larga cabellera negra se confundió con las sombras. Por momentos la perdía de vista en la nada. Después, la luz que reflejaba la pantalla iluminada o el farolillo rojo de la salida de emergencia, volvieron a dibujar entre las sombras el perfil de su rostro. La dureza metálica de una moneda agitanada. El lenguaje que yo entiendo, al hablar de carne de hembra bravía. Me harté hasta las heces, el pasado verano, de rubias escandinavas y alemanas valquirias. Para esto sirve dominar idiomas, y las tuve como quise, en la discoteca y en la playa. Mi trabajo que ayuda. En el autobús agarro el micro y logro maravillas, con cuatro chistes y cuatro referencias a sus ciudades del norte. Y en un tris tras ya está hecho. Llegan al hotel y ellas mismas me llevan a rastras hasta la habitación. ¡Y coño lo que saben hacer en la cama, las alemanas! Alguna incluso me ha enseñado cosas. A mí, figúrate. Y cuando paseé a la modelo de Múnich por el café Formentor, ante las narices de mi padre y de sus contertulios, él me leyó la cartilla en un aparte. Pero en el fondo se le veía orgulloso y satisfecho. Al día siguiente, el abuelo me contó en Can Tomeu que, mientras ellos dos lo comentaban, mi padre le había dicho: «Este mocoso nos está dejando atrás, nos hace buenos a nosotros». Y el abuelo fue de los que hizo estragos, en su momento. A menudo Apolonia aún me recuerda que era de fe, mi abuelito.

Dejé una butaca vacía entre la pájara y yo, y la muy zorra constantemente se volvía hacia mí. Mientras me miraba, yo no podía sacar provecho ni siquiera de Ava Gardner. Llegué a no saber ni qué veía, con el olor de carne fresca a mi vera y aromas de Tabú para más inri. Fue entonces cuando pensé: «Si esta gallinita quiere guerra la tendrá, vive Dios». Bueno soy yo, para estas cosas. Además, acabado el verano, la ciudad se hace difícil. Ahora se me presentan seis meses de vivir a costa de los ahorros, sin dar golpe. Y el dinero no es de goma, eso se sabe. Hay que llevar bien la cosa para que baste, sin perder la terraza del Riskal, Apuntadores, el Montecristo para oler humo del bueno y un polvete en el putiferio, si conviene. Y mi madre, toda temblorosa ante la inminente perdición de su hijo, empeñada en que salga con mallorquinas. No puedo con ellas, que no tienen perdón ni consuelo, mojigatas pomposas. Me la sudan. Las mallorquinas quieren que las pasees por el Borne, se derriten por ir a los tés del Círculo, a escuchar música clásica o a tomar cócteles en el Larry's. Y al final, nada de nada, monada. Tontorronas de mierda que aún no se han enterado. Un mal momento que tuve con Antoñita, al querer enseñarle el apartamento, y se ha tenido que enterar medio Palma. Ciudad de vírgenes encabronadas, estupidillas y bocazas. Y si no ando con tiento, mi madre me casará con cualquiera de ésas. Con Antoñita Mas o con la puta del Caribe que un día llegó de Cafarnaüm. Y este coño tan saleroso, míratela aquí, observándome. Hay que verla. Si llega a sentarse más atrás, creo que aún me acercaría a decirle cuatro cosas buenas y tal vez a tocarle el muslamen, que lo tiene espléndido, ella. Pero aquí, en medio de la Sala Augusta, yo no hago un número. Después pasa lo que pasa y todo se llega a saber. Cochina provincia donde estornudas al aire libre y las monjas de clausura rompen el kirie para decirte: ¡Jesusito! ¡Uf! De cualquier modo, eso está hecho. Si no la abordo aquí la empitonaré en otro lugar. Seguro estoy de que ésta la mama de coña y tiene un follar de perlas. Voy a joderla, yo, eso está escrito. En mi cama gemirá como las buenas, tan cierto como que mi nombre es Pedro. Y la historieta del bwana, seguro que ahora quieren que también yo me la trague. Si lo sé, no vengo. Se habrán creído que aquí todos somos imbéciles. Este Mogambo a mí no me lo tienen que dar pasado por agua. Pero cómo no van a cuadricular el círculo del cojones redondos. Nunca más volveré a la bodega. Maricona censura de un país de maricones. Ya me dirás tú qué más da que sea la esposa o la hermana. En cualquier caso es Gable, el de los bigotes, quien la arregla bien arreglada. Y si se la tira, ya me dirás qué más da si la mula escapa o si eres tú quien le ha soltado la cuerda. Reputas, devolvedme el dinero y devolvedme el dinero, reputas. Y si me cabrean voy a gritarlo, que todos me oigan: devolvedme las seis pesetas. También aquí veo, como en todas partes, la mano del cojones generales. Qué larga la sabe, éste. Ha querido hacer del país un cuartel con niños de teta y así vamos todos, con el biberón y chupando mama. Aunque para mamas, las suyas. Son más jugosas que las de Ava Gardner. Aquí hay merienda para dos sólo con lo que ella pone. Y no hay duda que ha de gustarle, en esto no yerro, que ésta grita y se sube por las paredes, como aquella otra, la pupila de Elena Palacios, el pasado invierno, chocho calenturiento. «Nunca me dejes, nunca me dejes escapar. Me volvería mala y peligrosa». Y en dos días desaparece del mapa y cuando de nuevo asoma, va de querindanga oficial con el comisario encargado de controlar el puterío. Ahora Flaquer, el cabronazo, la pasea con joyas y con pieles, como si fuese su mujer legal.

Se encendieron las luces y salí detrás de ella, mirando cómo movía el culo, rítmicamente, encaramada en lo alto de unos tacones de palmo. Y vaya rumba. Avenidas abajo, después de la estación del tren de Sóller, con todo a oscuras, entendí que los pasos la llevaban hacia la puerta de San Antonio. Entonces comprendí que era la nueva del burdel de Apolonia, de la cual hablaba el todo Palma. Ya no perdí ni un solo minuto en seguirla, ahora sabía cuál era el cubil donde encontrarla. Cuando llega una hembra de bandera, te la dibujan tantas veces con la palabra que, cuando te la encuentras, es como si la conocieses de toda la vida. Natural, Palma es pequeña y no tenemos tantos temas de escozores, cuando no hablamos de patatas y de boniatos. Mi abuelo dice que este asunto es media vida, y la otra media, comer y jugar al póquer.

Me pareció que era muy temprano para irme a dormir. Entré en el coche y en un santiamén llegué a Cala Mayor para tomar una copa en El Bucanero. Javier y Bernardo, en la barra, chupaban cubalibres con dos francesas de final de temporada, algo pasaditas. Carlos al verme, sin motar palabra, se puso a preparar mi gin-fizz en la coctelera. Barman extraordinario, guarda memoria exacta y precisa de lo que quiero tomar a cada hora. Y se acercaron a mi taburete, aquellos dos, con las palomas, a hacer un poco de tertulia. Después llegó otra francesa amiga de ellas, que volvía sola del Saint Tropez. Su rostro parecía expresar la queja de alguien a quien le deben y no le pagan. Todo porque no había ligado con el que la ponía. Me miraba con ojos de tristeza. Casi se ofrecía como caramelo de menta para que yo lo chupeteara. Pero a mí me tienen al pairo, estas provincianas, bretonas, normandas o de Tolosa en el Midi, bondadosas *tout à fait* y mal amadas, exclamando *putain de sort* cuando se da mal la cosa. ¡Que se vayan a París, si quieren hacer el balancín y la bicicleta! Me parece una pérdida miserable de tiempo, con la de mujeres de calidad que hay en el mundo, picar piedra con ese material de tercer orden, tan semejante al nuestro. En caso de necesidad extrema, tal vez me comería el mendrugo. Pero, como quien dice, este otoño será suave y sólo acaba de empezar. Tal cual se lo hice saber a Bernardo: «Si quieres catalineras, no es preciso ir a buscarlas por la *banlieu* de Marsella, que aquí también las tenemos, en Santa Catalina». Y él se cabreó como un mono porque lo dije en francés, como si las quisiera humillar a todas juntas en carambola a tres bandas. Y a mí, ellas y ellos me la sudaban mucho. Una tenía en la mano un libro de tapas blancas y letras rojas y se lo dio a Javier. *Le répos du guerrier*, de una tal Christianne de Rochefort, mocita de coño ardiente y tendencias masoquistas. La película, tenía yo entendido, había hecho furor en Francia. Roger Vadim explotaba el eco de

Brigitte Bardot, un animal erótico recién creado por él, como Dios creó a la mujer, y le daba un oponente duro, de categoría. Un Robert Hossein que la degradaba física y moralmente, hasta sacudirle todo el pelo de la dehesa. Allí las hostias rememoraban el congreso eucarístico. Y cuando la tenía madura, hacía que la mano de ella no se apartara de su entrepierna, mientras tomaba copas con los amigos en los *bistrots.* Espléndido. Algo debía saber ya Javier del asunto, porque la francesita ejecutaba el mismo gesto con práctica evidente, mientras le hablaba de Henri François-Rey que, cansado de la Rochefort, hacía de las suyas en un pueblo de mar por el norte de Cataluña.

Al día siguiente me encontré con el abuelo, al atardecer. Me llevó a Can Tomeu a tomar una copa. Estaba contento y satisfecho. Venía de Las Minas y había ganado un montón de billetes en la mesa de póquer. Me dio unos cuantos, con los cuales supe de inmediato lo que haría. «El juego —explicaba muy convencido— es una pasión que oscurece todas las otras. Cualquier preocupación, por obsesiva que sea, ante una buena timba se va a tomar por el rulé. Incluso las mujeres, y parece mentira, pasan a un segundo término». Eso él, pensé yo, que ya había vivido lo suyo y lo del otro. Porque lo que es a mí, me gustaba pensar que la partidita nocturna iba a jugarla en la cama de la morenaza. Le conté en resumen cómo me la había encontrado, la noche anterior. «Calla y no me digas más —exclamó él, con un brillo en los ojos que nunca le había visto—. En Palma no se habla de otra cosa. En el Círculo, en La Veda, en Las Minas, incluso en el Fígaro de los liberalotes, por todas partes, los señores más señores de Mallorca no tienen otro tema. Dicen que es de lo que no hay, algo que no tiene nombre». Con nombre o innominada, qué más da, yo ya me estaba quemando por dentro y por fuera. Y ni sé ni recuerdo lo que me contó de un problema con el aparcero de Son Puigdesaura. «Bueno —dijo al final, a modo de despedida—, allí cazaremos el domingo, como siempre».

Aparqué el coche cerca de la iglesia de San Felipe Neri y en un momento llegué al burdel de Apolonia. «¿Qué es de tu vida, prenda? Y tú ya no vienes nunca a verme, cielo. ¡Ay, las extranjeras! Pero ya te habrán dicho que por aquí ha llegado cosa buena». «A eso vengo. Esta de Alicante, la que todos dicen que es una hembra de bandera. En Palma no se habla de otra cosa». «Carmela —dijo Apolonia—. Sí, mi rey, pero aún no ha llegado. Vamos a tomar una copa mientras la esperas, que ya no puede tardar». Me llevó hasta un salón con espejos de marco dorado y muebles italianos. Y como si fuéramos a pasar el rosario, nos sentamos en una mesa camilla con brasero encendido. Nada hay mejor que el rescoldo en día de frío, porque aquí, en Mallorca, con el tópico del clima ideal, cuando llega el relente o el viento helado y penetrante, nos pelamos de frío. Apolonia había conseguido reunir algún dinero, después de veinte años de alcahuetería y otros tantos de mover el ombligo. Se ve que yo le inspiraba confianza, porque siempre me contaba cosas y cosas, de hoy y de ayer. De la guerra, de la llegada de los italianos y de la trifulca que armaron seduciendo a las mallorquinas, del Conde Rossi en la intimidad. «Aquel cerdo matón pedía tres cada noche, pero cuando le tocaba conmigo decía que con una quedaba saciado. Le exprimía como si fuese un limón, yo. Otra que le llevaba de culo riguroso era una chueta de Fontamarga. Jamona y gordezuela, ella, pero con las carnes prietas. Bebía los vientos por comerle el coño, el cabronazo. Un día alguien fue a soplarle que aquella no era como las otras, y le preguntó si le había visto el rabo. Rossi era en el fondo un niñato, y aquello ya bastó para desquiciarle. La sacó de la cama y de la habitación a patadas. *"Io non posso con una ebrèa"*, gritaba el animalote, y aquella pobre mujer se marchó con un susto de muerte…». La cháchara de Apolonia, llena de chascarrillos, me hacía mucha gracia porque ella era graciosa por naturaleza. Debo aclarar que siempre me trató muy bien. Decía que yo era un señor, y que se me notaba. Cuando me conoció, siempre lo recuerda, yo iba aún con pantalones bombachos, los que llevaban en quinto curso los chicos de mi edad. Pero algunos años después entendí que a un señor mallorquín le conviene acostumbrarse a dos cosas: alcahueta y manicura para su uso particular, dos servicios de notoria necesidad. He aquí por qué, en el burdel de Apolonia, yo las había tenido rubias, morenas y pelirrojas, incluso con champán. Y todo siempre había funcionado como una seda. Sólo una vez recuerdo que me armó un pollo, y con motivo, por una cuestión de ladillas, coño, pican. Me las había pasado una inglesa asquerosita, y al principio se rascaba la que había estado conmigo. Después, poco a poco, la cosa fue extendiéndose y rascaron todas, incluso la celestina. Pero de este asunto, elegantemente, ella y yo nunca hablábamos. Apolonia era en el fondo toda una señora, y sabía cómo hacer para olvidar todo lo que no es imprescindible para sobrevivir. Con mayor prontitud, si cabe, cuando no conviene hacer memoria.

Matábamos el tiempo contando chismes y peripecias. Así es como me enteré del compromiso de Carmela con un butifarra de la más alta nobleza mallorquina, con linaje y patrimonio. Muchas noches se la llevaba a cenar a un antro del Arenal construido con troncos, como los fuertes del *far west,* y era tarde cuando la dejaba en la puerta. El aristócrata daba a entender que la quería toda para su servicio, con piso y todo, retirada y mantenida. De nada sirvió que me empeñara en saber quién era; Apolonia tenía un enorme sentido de las proporciones y las distancias. «El pecado se puede decir, cariño, pero el pecador no». Mientras tanto, las otras iban y venían y se quejaban del mal tiempo y la lluvia. El invierno iba a ser duro para las que tenían que deslomarse haciendo chapas en las esquinas, comentaban, abrigándose con la lana de la camilla, calentándose los muslos sin medias, rojizos, al amor de la lumbre. Una de ellas, menuda y graciosilla, pizpireta, se pintaba las uñas bajo la luz de una lámpara de pie y manchaba de rojo una toalla blanca que parecía ensangrentada. Las manos le temblaban y siempre las tenía sudadas. Contaba sin aspavientos que aquello venía de muy atrás, de cuando era niña en Hellín, una ciudad de Albacete. Su padre se ocultó casi tres años en un lagar, durante la guerra. Pero al final le encontraron y le fusilaron.

Llegó Carmela, vestida de rojo y con un ramo de claveles reventones en los brazos. «¡El marqués, ay el marqués! —exclamó Apolonia. Y después, señalándome con un gesto, le dijo—: El hombre aquí, que te está esperando». Los ojos de Carmela y un leve mohín en los labios expresaron que me reconocía, pero fue algo casi imperceptible y con desparpajo comentó la buena suerte de tener muchos clientes y de los buenos. «Mala pécora —pensé—, en cuanto te coja por banda perderás esos humos y las pagarás todas juntas». Y pedí que nos ocupáramos en la habitación buena, que algunas denominaban suite nupcial, y dejé propina generosa a Rufina, la jorobada de las toallitas, con la recomendación de que no quería ser molestado por nadie ni por nada. Después de cerrar por dentro, enganché la llave en los alambres del somier. Con cada embate, el choque y roce de metales era como una campanita de la antigua bendición pascual de las casas, pero en vez de agua bendita las salpicaduras fueron de leche untuosa y aromática.

Desde aquel momento ya todo fue como una bicicleta monte abajo y sin frenos. La hice reír con ganas, al contarle la historia de la jorobada y el sifón, porque aquella pequeña ganó una apuesta, muchos años atrás, al conseguir dilatar el coño hasta que dio cabida en él al ruedo de la base del recipiente. Sin vaselina. Y ella, convenientemente interrogada, me contó quién era, de dónde venía, la suerte perra que había tenido con los hombres y el asunto de las navajas. Que para ella, ni fu, ni fa. «Es de razón —me decía—, porque cuando aquellos dos, tan machos, ellos, lo resolvieron todo a punta de navaja, ya estaba yo con otro distinto, y con él me vine a Mallorca. Ahora está en la cárcel, por contrabando».

Muy pronto tuvo la llave de mi apartamento y por Nochevieja proyectaba llevarla al Círculo, después de pasearla por Can Xemel·lí, Can Vallés y los cafetuchos del Barrio. Pero cuando se lo propuse, ella se renegó como una mula. Ni por ésas. Y tuve que escuchar de sus labios un rollo macabeo que tuvo la facultad de enfurecerme: «Tú ya sabes que un señor quiere retirarme y ponerme casa. Si me presento contigo en el casino, se armará un escándalo mayúsculo y la perjudicada seré yo. Bien sabes cómo me gustas, Pedro, pero para vivir, esto sólo no basta». Y al decir «esto» convulsionó voluptuosamente el cuerpo por debajo de la cintura. Una ola de ira hizo subir mi sangre al rostro ante la gesticulación canalla que movía su pelvis. Ella únicamente pensaba en su bienestar y en su miserable conveniencia. Ni se le ocurría que yo podía perder mucho más. Si pasábamos cuentas, era mi mundo, y no el suyo, el escenario que le estaba proponiendo. Tal vez para poner a prueba hasta dónde aguantamos, nosotros, sin astillarnos, pero esto no era ya asunto suyo. Como quien dice, en el Círculo yo he nacido, y son muy pocas las mujeres de su oficio que lo han hollado con sus plantas. Claro que no habría sido la primera, pero esto lo sabía yo, y con un solo enteradito ya bastaba. Ella no decía más que idioteces, majaderías, y me requemaba la sangre pensando que la leona ha de cruzar saltando el círculo de fuego porque lo manda mi látigo. Hasta que no pude más y se apoderó de mí la rabia. En un arrebato la estampé contra la pared, le crucé la cara con dos bofetadas sonoras y, agarrando su larga cabellera, la arrastré hasta la cama. La desnudé a manotazos, destrozándole una blusa de seda negra y una falda. Las bragas y el sostén hechos harapos, me miraba espantada desde la desnudez más indefensa y absoluta. Lloraba y gemía o musitaba ruegos y jaculatorias. La volví del otro lado, y mientras la tenía de espaldas y la penetraba entre lloros y jadeos, murmuraba en su oído: «Nunca más te atrevas a hablarme de este modo, valiente puta. Ni el marqués del Catlar ni la virgencita en bragas van a comerte el coño de ramera descarriada». «Me has pegado, me has pegado y me haces daño —decía ella—. ¡Me has pegado y yo no te había hecho nada!». Y estalló en un llanto escandaloso y desconsolado que parecía pedir leña más fuerte. Salí de ella y de aquel infierno espantado de mi propio horror, aterrorizado ante mi propia violencia que por un momento me impulsaba a matarla. Ni sé cómo, de repente me encontré en el coche. Los faros encendidos penetraban la noche en el camino viejo de Son Puigdesaura.

Creo que por primera vez me percataba de cuál era mi situación real. Aquella mujer me quería, pero yo no podía darle todo lo que necesitaba. No podía retirarla, como ella habría querido y como seguramente merecía. Una mujer como aquella, santo cielo. Nunca podría perderla de vista y estar tranquilo, porque la cabra podía echarse al monte o salir por donde menos me esperara. Con todo, valía la pena correr el riesgo. Alguna compensación tendría, el peligro de estar con ella contra muchos otros, sólo por el placer de gozar la turbina neumática que anidaba, siempre agitada, en el fondo de su coñito. ¡Y qué conejo! Para quemarlo a mordiscos de fuego, si se alzaba insumiso. Desde el volante, atento a la carretera, se me llevaban todos los demonios y lloraba de rabia mientras repetía: «No es más que un coño, no es más que un coño; aunque pudiese hacerlo no la retiraría». Y dieciséis generaciones de Puigdesauras se me subían a la cresta. Lo que me ponía la piel de gallina y me sacaba de quicio era pensar que aquel viejo, repugnante y baboso, con la dentadura postiza, pudiera meter zarpa en una piel tan suave y se atreviese a tocar un violín que solamente sonaba como una seda en mis manos. Pero al fin y a la postre, ¿quién era yo? Tan sólo un pajarito que ha salido del nido en corto vuelo y que acaba de abrir las alas bajo el amparo de sus mayores en gobierno y sabiduría. Cierto es que aún nadie se me había puesto nunca por delante, en cuestión de mujeres. Y en la verbena de San Agustín de Fontamarga, cuando saqué a bailar a Isabelita ante las narices de sus padres y del prometido, y se armó el cirio, Bernardo y yo, espalda contra espalda, repartimos leña como los buenos. En Fontamarga y alrededores aún se habla de aquello. Pero yo no podía ir a romperle la cara, al marqués de Catlar. Aquel viejo libidinoso estaba cada noche en Can Tomeu, con mi abuelo. No, qué va, sería un escándalo. Pero Carmela ahora es mía, y si quiero llevármela al Círculo, como si quiero llevármela a Madagascar, con los malgaches, nadie me ha de venir a decir si puedo o si no puedo hacerlo. Por muy marqués que sea, hasta aquí podíamos llegar. Es que, en caso contrario, yo dejaría de ser quien soy. Y por aquí no paso.

Llegué a Son Puigdesaura bajo la luz titilante de las estrellas. En el patio, Nero ladró al reconocerme, para darme la bienvenida. Los aparceros saltaron del lecho para recibirme y preparar mi habitación. Les dije que a la mañana siguiente llegarían el abuelo y el padre. Que a mí me había convenido anticiparme algunas horas. En la cama con dosel y columnas salomónicas, bajo la colcha inmaculada de ganchillo, me pasé toda la noche en blanco. Me agitaba de una parte a otra del lecho amplio, entre sábanas de hilo. Finalmente, encendí un quinqué de petróleo y caminé, descalzo, las salas del húmedo caserón. Los cuadros negros colgados en los muros eran como fantasmas, los mismos que me espantaron en la infancia. Y un día, cuando el abuelo me dijo que todo aquello llegaría a ser mío, comprendí que, con la heredad, me transmitirían también aquella fuerza antigua de querer conservarlo. La historia había hecho su camino, pero Can Puigdesaura continuaba siempre en el mismo lugar. Tal vez no me gustara mucho, al principio, pero aprendí a mandar y a ser servido. Sólo hubo una cosa por la que no quise pasar. Ni las lágrimas de la madre ni los gritos del padre bastaron para convencerme de la conveniencia de entrar a trabajar en la Caja de Baleares, una institución ocupada por nosotros, los aristócratas. En modo alguno quise convertirme, como tantos, en «vuesa merced el empleadito». Nada de carreras, tampoco, vive Dios. Los idiomas se me daban bien y con el trabajo de guía voy pasando y me gano la vida como puedo. Algunos dicen por ahí que he roto moldes. Ojalá fuese cierto, porque la verdad es que a menudo tengo la impresión de haber corrido en vano, como quien huye de Dios, dice mi madre. Igual que ahora mismo, con el follón de la puta alicantina que me está exasperando hasta el insomnio. Y hasta aquí podíamos llegar; yo digo punto, y se acabó. A dormir se ha dicho, que mañana será otro día.

Sin embargo durante la vigilia, que se prolongó hasta el alba, los rumores del campo, tan conocidos, me acompañaron. Yo los distinguía de uno en uno con la precisión que da el paso de los años y la identificación con los límites de una tierra muy mía. El croar de las ranas en el estanque, como una letanía; los ladridos de Nero; el deslizarse casi silencioso de un gato de angora que, desde un rincón del cuarto, me despertó con su mirada fija de fuego esmeralda. Creo que no llegué a dormir ni media hora cuando los estorninos y los gorriones introdujeron sus trinos por la ventana. Entraba la luz blanca. Y al despuntar el día, oí el canto alegre y valiente de los gallos de la aurora.

Remoloneaba en la cama, aún adormilado, cuando el revuelo del averío en el patio me advirtió de la entrada de los recién llegados. Nero, que subía y bajaba las escaleras, les saludó armando un escándalo de ladridos. Con los ojos aún llenos de sueño y de legañas, lancé un grito de saludo desde la ventana y, deslizándome desnudo y con una toalla en las manos por la escalera de atrás, llegué hasta el estanque. El sol se alzaba despacio y el llano con matorrales se llenaba de luz, con su gama de verdes, ocres, rojizos y marrones exultantes bajo el azul del cielo tan límpido. También las nubes blancas auguraban un buen día. «El día es bueno —me dije—, habrá que procurar dejarlo crecer para que no se nos pulverice en las manos, como tantas veces sucede». Y olvidando mis pensamientos, me sumergí en el agua helada que bajaba de las montañas. Cuando salí tenía la mente en blanco.

Estaba ya en el pasillo, vestido de senador romano con la toalla blanca, cuando oí la voz aguardentosa del abuelo que hablaba con madona Francina y daba órdenes, horarios, instrucciones. El paso de los años me alejaba del padre mientras sentía crecer dentro de mí, sin reservas, una admiración profunda hacia el abuelo. El viejo había sido de fe y aún estaba ahí, con una vitalidad que amenazaba enterrarnos a todos, uno tras otro. Este año la caza no había ido del todo bien. Y su buen humor se resentía de ello y, de rebote, llegaba hasta la gastronomía cinética, en manos de madona Francina. El arroz de liebre y los tordos con col ya no eran, decía, lo que antes habían sido. Entre una cosa y otra, ya nada giraba a su gusto, en Son Puigdesaura. Yo recordaba a Isabelita, la de Fontamarga, con sus es abiertas que confundían en su deje dialectal a Dios con diez y al café con el quehacer. Al bajar las escaleras les vi que me aguardaban, armados y con botas altas, para iniciar la batida.

«¿Y tú que has venido a dormir aquí? —preguntó mi padre—. ¿O ya no te va bien, con la fulana?». Preferí callar para no ponerme de mala leche tan temprano. Íbamos a pasar juntos todo el santo día y era mucho mejor que crecieran las horas de manera armónica. El santo hombre, aquel hombre de Dios, ha tenido siempre la facultad de hacerme salir de mis casillas. Sus chistes me crispan y me enervan y él, con los años, parece disfrutar más y más, jodiendo la marrana y el eje de las ruedas. Al ver que yo miraba a lo lejos, sin decir nada, el abuelo intervino, contemporizador: «No te metas con él, Lorenzo, que éste sabe lo que se hace. Ya no necesita aprender nada, puedes creerme». Y mientras limpiaba la escopeta de dos cañones, mi padre contestó: «Mientras no haya complicaciones, nada tengo que decir. Lo que no quiero es correrla con paños calientes o parches Sor Virginia, por causa de la chichisbea. Está claro como el agua que cuando el marqués se entere, no le hará ninguna gracia». Aquí el abuelo prorrumpió en una sonora carcajada. «Vuesa merced se ríe —replicó mi padre—, pero yo la risa la tengo en las suelas de los zapatos, porque aquí se va a armar la de Dios es Cristo. Desde ahora lo pronostico». «A Biel —dijo el abuelo, muy risueño— déjalo de mi cuenta, que hace ya mucho tiempo que se la tengo jurada. Desde aquella semana tan movida, la semana de Miss Giacomini en su venida a Palma, cuando quiso hacernos creer a todos que se la beneficiaba, total porque se dejaba ver en el Alhambra, a la hora del vermut, con la artista, con la madre de la artista y con el cónsul británico. Un contacto que tenía yo en el hotel me informó adecuadamente. Y resultó que el muy bocazas, a la única que se tiraba, pagando, claro está, era a una de las coristas que bailaban con un corazón negro entre las piernas. La corista, en el hotel, se acostaba incluso con el botones del ascensor, ya me dirás tú». Movía afirmativamente la cabeza, el abuelo, y sonreía cachazudo, con su instinto de perro viejo, ante las vanidades de la existencia. «Por otra parte, ya sólo faltaría que ahora los señores mallorquines no dejasen medrar a los pollos que quieren ser gallos, en su primer vuelo. Tú no cambies, Pedro, que de esta manera vas bien». Yo sonreía con la boca llena de pan moreno con sobrasada. Me gustaba comérmela pensando que al abuelo le satisfacía que lo hiciese.

Sin embargo, algo había que me desasosegaba: si quería continuar la aventura con Carmela, no tendría más remedio que compartirla con el marqués. Mientras contemplaba el horizonte distante de mi rudo solar a través de los cristales de la ventana, pensaba que todo sería de otro modo cuando aquello fuese mío. Pero tampoco era ésa la guindilla que me amargaba la existencia. El pimiento pequeño y picante en las almorranas del universo. Como hijo único y heredero universal, siguiendo la costumbre de una casa que siempre había fideicomisado, yo, legítimo fideicomisario, un día u otro llegaría a disponer de aquel patrimonio. Mujeres, como es bien sabido, hay más que longanizas, para dar y para vender, más que paja de cebada. Y no puede ser bueno precipitar los acontecimientos o invertir el orden armónico de las cosas. Como siempre se ha hecho en mi familia, para el matrimonio, elegiría a una mallorquina. Las mujeres, como las yeguas, he preferido siempre que fuesen de mi tierra. Isabelita, quizás. De este modo, si ahora me veía obligado a compartir la morenaza, no importaba. Un día iba a tener muchas, de colores distintos y variados pelajes. Ojalá fuese antes de llegar a viejito para no tener que compartirlas con algún gorrión, como ahora yo, de corto vuelo.

Nos pasamos toda la mañana recorriendo el monte bajo y la cacería fue más bien mediocre. El abuelo, que era el mejor de los tres, se hizo con dos conejos, una liebre y media docena de tordos. El padre y yo, dos gorrioncitos. El viejo dijo a madona Francina que nos preparase los conejos con *salmoregi* y les regaló la liebre.

Al mediodía hubo arroz *brut*, tordos con col y las *butzetes,* las pequeñas vísceras, esparcidas sobre pan frito y, finalmente, el guisado con la salsa *salmoregi.* Mientras me llegaban al paladar los matices del sofrito, con el sabor de almendras, ajo, perejil, laurel y el punto de jerez seco que madona Francina le añadía, de su propia cosecha, en vez de vinagre, entendí por enésima vez por qué no marcharía nunca de esta tierra. Aquel salmorejo me lo confirmaba. En Copenhague, el pasado invierno, me pasé dos semanas de cojones con Ulla, en el pequeño chalet de dos plantas que tienen sus padres en las afueras de la ciudad. Muchas cosas tiraban de mí, en aquel lugar, y me invitaban a quedarme. La madre, que nos llevaba a la cama el desayuno todas las mañanas; la campana de una iglesia luterana, que sonaría cuando pasara por la plaza una virgen, y aún nunca había sonado; la sociedad estable, familiar, liberal, en el sur del norte escandinavo, y la ciudad limpia, poblada por gente culta y educada. Pero al entender que día sí y día también tendría que ingerir aquella col blanca y fermentada, procedente de Francia, que ellos llaman *choucroute,* y otras lindezas gastronómicas, tan tristes y angustiosas como un film de Ingmar Bergman, se me vino abajo la erección que los muslos de Ulla y aquellos pechos, tan duros, no pudieron levantar de nuevo. Incluso la fascinación por el país se me hizo relativa, fláccida como mi rabanillo en decadencia. Me fui de allí con un cartel más o menos merecido de rastacueros drolático. Y ahora, ante aquel opíparo banquete, se me hacía evidente que un hombre puede ser feliz si aprende a reconciliarse con sus cuatro palmos de tierra. Nuestra cocina es una escuela donde aprender a amar la vida. La mía, la de todos, que no conozco otra mejor en ningún lugar del mundo.

Después del café, el coñac Remy Martin y el Montecristo, mi padre, como tenía por costumbre, se fue a dormir la siesta. Nos quedamos el abuelo y yo, hablando ante una chimenea apagada y llena de ceniza. Él quiso saber de mis andanzas con Carmela y me preguntó si necesitaba más dinero. «Has ido a liarte con una puta de lujo, y esto sale por un ojo de la cara. Sí, ya sé que me dirás que no te cobra, pero, ahora una cena en El Patio, ahora una salida por Tito's y Trocadero, ahora cuatro cócteles en el Joe's o el Larry's, para quedar bien, es un censal y un alodio, todo a la vez. Yo siempre he preferido pagar por trabajo hecho, a tanto la hora precio convenido, a tanto el salto. O a destajo, si conviene. Es mucho mejor para evitar problemas. Ellas suelen estar más contentas y a mí me sale siempre a buen precio». Mi abuelo era un maestro. Hablaba del precio de las mujeres igual que podría hacerlo de la carne a peso o del pescado fresco en el Mollet, con la luz del retorno de las barcas de bou. Le dije que podía arreglármelas —«voy caliente como puedo y, cuando tengo sed de más, bebo ginebra»— y que no se preocupase, que si necesitaba algún dinero ya se lo pediría. Él sentenció con toda la sorna del mundo: «Piensa, Pedro, que un hombre pelado, por no tener, no tiene ni fachada». Mientras se escuchaba comprendía que aún me quedaba mucho por aprender. No todo el mundo podía presumir de un abuelo como el mío: mujeriego y putero hasta la médula, y todo había sabido hacérselo a costa ajena. Cada día, en la timba de póquer de Las Minas, sus contrincantes soltaban el pedrusco de un montón de dinero sobre la mesa. Dicen que se ha hecho rico a su salud, mi viejo. Pensando en el lugar de donde yo venía y en la consistencia de mis raíces, se ensanchaban mis espaldas, el pecho se dilataba y me sabía respirando el aire que me correspondía en esta tierra. ¡Qué coño iba a hablarme, Javier, o el sursuncorda, de socialismo! ¿No lo tenía claro, yo, para que viniesen a contarme historias?

Movido por la confianza, le narré el incidente de ayer noche y fue igual que si le hubiese tratado de bastardo. Pareció que caía sobre mí toda la ira de los justos. Más notoria, a mis ojos, porque en mi puta vida le había visto tan alterado: «No, Pedro, no. ¡Todo esto que me cuentas es una canallada! Peor todavía, como diría Talleyrand, un error mayúsculo. Por una parte quieres competir con un señor que cubre a tres como tú con su dinero y, por la otra, adoptas modales y estilos de un verdadero macarrón del Barrio Chino. Me haces mucha gracia, para no decir que me das asco. A una mujer jamás debes pegarle, ¿o no lo sabías? Si fueses más niñato de lo mucho que aún eres, te diría que cuando un hombre pega a una mujer pierde la razón; pero no voy a contarte historias, yo. Aquí lo más jodido es que cuando pegas a una mujer, ya nunca más te la puedes quitar de encima. Ahora sí que habrá Carmela y más Carmela y ay Carmela. ¡Por los cojones de Dios! ¡A mí todas las putas de Sindicato y de la Puerta! ¿Y éste es mi nieto? Renegaré de ti si osas repetir la hazaña, incluso te desheredaré. Tú harás que te maldiga». Enrojecí más encendido que un carbunclo y no sabía dónde ocultar mi vergüenza. Por ello, aprovechando que el padre se había despertado y bajaba las escaleras, salí al campo a que me diera el aire, a intentar poner en claro las ideas.

El paisaje de matorrales y arbustos que había explorado de niño evocaba en mí el recuerdo de un tiempo ingenuo, cuando las dudas aún no existían. Un vientecillo suave en el rostro, mitigando su ardor, llegó a darme frío. El monte bajo ante mí, con el azul de las montañas de tramontana al fondo, parecía envolverme en una atmósfera fantástica. Y cuando volvía el rostro hacia la casa lejana, se me presentaba firme entre dos barbechos de rastrojos recién removidos por el arado y dos cuartones de labranza, bajo la lenta luz de la tarde, con perfiles casi fantasmagóricos. El verde oscuro del pino enorme del patio por momentos se oscurecía y llenaba de terciopelo el aire que avanzaba atardecido. Dentro de aquellas cuatro paredes macizas y gruesas todo había sido siempre sólido, estable. Todo estaba en su lugar y estaba en orden. Los veranos yo nadaba en el estanque con Magdalena, la hija de los aparceros. Y de la casa llegaban voces de mi madre y rumor de trabajos domésticos. Pinar adentro, ahora volvían a mí las voces que eran retazos de una época perdida y desvanecida. Todo en su lugar y todo en orden. Y ese todo llegaba al ahora y era nada. Nada, el rumor de la mala Tonia confesándose con mi madre. La bailarina mora que ejecutaba la danza del vientre en el Triana, con la que mi padre se había dejado ver en los mejores restaurantes de Palma. Decían que en una república sudamericana había sido la querida de políticos importantes. Y en París había estrenado un número prohibido por la censura española: fumar un cigarrillo aspirando el humo por el sexo ante los ojos del respetable. Todo lo sabía, la mala Tonia. Y como una carcoma implacable, encelada y quizás resentida por las calaveradas del señor, trinaba y cantaba el credo. «Dicen que don Lorenzo le ha montado un nido, señora». Su voz se hacía sinuosa, secreta, clandestina. Rompía bibelotes como una iconoclasta que aún cree en la imagen que profana. «¿Dónde me sales, ahora? ¿Pero qué dices, qué embrollo te traes? Yo no te he preguntado nada de todo esto». «No, doña Lolita, no, tiene toda la razón, demasiada razón tiene, Ella». «Eso estará bien que me lo cuentes cuando te lo pregunte, pero no antes y…». Mi madre dudaba entre averiguar el nombre del mal que la estaba matando o continuar la vieja costumbre de no querer saber nada. No querer enterarse de todo aquello que le era desagradable, como le habían enseñado de pequeña. Pero la atestiguaba el orgullo. Sobre todo después de haber llegado a sus oídos un comentario en voz alta pronunciado en el Círculo, que había levantado polvareda. Toni Vedrá, su primer amor adolescente, durante un te había dicho: «Hablan de Corea o del Plan Marshall y se levantan para ver las piernas de cualquier corista». Como saetas que la retornaban al mar de Salern y a la adolescencia, padecía el tormento y la vergüenza que su primer amor había formulado con tanta precisión. Toni Vedrá, a quien mi abuela rechazó por oscuras razones de economías familiares decadentes y por un si dicen que han dicho relativo a la vida privada. Cuestiones de dudosas costumbres con la colonia extranjera. Pero en el Círculo habían resonado con fuerza, las palabras de Toni Vedrá. Todos las habían entendido. Todos excepto don Lorenzo Puigdesaura, mi padre. Y la mala Tonia volvía una y otra vez, insistente como la gota de agua en la roca, poniendo a prueba la resistencia de su señora. Recogía el silencio de sus puntos suspensivos y pescaba con fisga, la gran puta. No era en absoluto una aficionada que pesca con caña. Ni era lo suyo el currican o el volantín. La mala Tonia no iba a conformarse hasta haber ensartado la escurridiza anguila que evitaba el conflicto. Así, tal vez, anestesiaría el deshonor constante en el cual el señor la había encharcado. «¿Qué? —preguntaba, erosionando el muro de contención que la madre soportaba a duras penas—. Y eso que dices, el nido, ¿está, tal vez, por la plaza de toros?». «En Amanecer, señora, en Amanecer. Un chaletito que tiene y nadie lo sabe. Un nido, señora, un nido. Yo me he enterado por una paisana de Porreras que va dos veces por semana a hacerles la limpieza». «Bienaventurados los huesos que descansan los míos», dijo la madre y escuché detrás de la puerta cómo se reía con aquella risa falsa, llena de una amargura que jamás osaría confesarse a sí misma. Procuré apartarme hasta donde no pudiera oírla cuando ya amenazaba a la mala Tonia con arrojarla por la ventana si se atrevía a contarlo, y con voz chillona exclamaba que si la otra, aquella hija de Satanás, era la parroquia, ella, la legal, seguía siendo la Seo. Y no quieras saber si hay diferencias.

Después, abstraída, con los ojos perdidos en la pared desnuda, enjalbegada, con la nuca cerca de la escarpia de la cual colgaba el rosario de lágrimas de David, su pecho abundoso se agitaba espasmódico mientras recitaba la letanía. Y a la hora de la cena, ceño fruncido y mucho silencio. Y el padre, que iba a la suya, ni siquiera se volvió a observar la mirada furiosa y ofendida que ella le dirigía, en trance de llanto, cuando, a las diez en punto, se levantó de la mesa y dijo: «Me voy a La Veda y dormiré en Palma. Buenas noches y hasta mañana». Y ella, con un pie en la escalera, le contestó, dándole la espalda: «Buenas noches, voy a acostarme». Por la radio, el gong de la Puerta del Sol de Madrid anunciaba el *Diario Hablado* de Radio Nacional de España. Al llegar a mi habitación, abrí la caja de cartón agujereado y el aire se impregnó con un fuerte aroma de ruda. El gusano más grande, después de ser capullo, se había convertido en una espléndida mariposa. La llevé hasta la ventana, abrí las manos y, al soltarla, contemplé su vuelo alborotado bajo los rayos de luna. Desde aquel día tuve la pesadilla recurrente, que jamás me ha abandonado, de caer por el precipicio del mirador de *Es Pontàs* de Santañí, en noches de luna llena.

El paseo me había sosegado. Volvía a casa con un brote de mata en la boca y el corazón sereno. Me daba fuerza y coraje saber que todo estaba en su lugar, muy ordenado, y todo el mundo representaba su papel. Me despedí de todos y regresé a Palma. Necesitaba volver. Sin saber exactamente por qué, deseaba escapar de Son Puigdesaura. Pensé que Carmela estaría en casa de Apolonia, pero no sentía ninguna necesidad de verla. Aparqué detrás de La Lonja, junto a la iglesia de San Juan, y empecé a hacer copas por los bares de la orilla izquierda de Apuntadores. Carlitos había montado un antro húmedo y no demasiado limpio, donde servía tapas y patatas bravas, y estaba explicando con detalle sus excelencias a un pollo con antiparras y acné juvenil. «Esto es lo mejor, créeme. Tú te vienes aquí con una extranjera, o incluso española, si se tercia, las nacionales también sirven. Os sentáis, o sea, ponéis el culo en esos taburetes, detalle importante, no te creas, y me pides que os sirva unos whiskis y dos de patatas bravas. Y no podrás creerte cómo se pone a tono, ella. Después, si ella quiere, la levantas y te la llevas. Y si quiere, folla; lo que yo te diga, que si ella quiere, jode de lo lindo. Incluso a lo mejor lo hace bien, de perlas, vamos. Por otra parte, no he de ocultarte que si ella quiere, si quiere de verdad, no hacen falta ni whiskis ni patatas bravas. Pero si ella no quiere ya te puedes retirar, porque no sirven ni el whisky ni tampoco las patatas bravas. En fin, tú eres listo y estoy seguro de que habrás entendido a la perfección cuáles pueden ser mis servicios». La filosofía de Carlitos, entre jamones colgados de las vigas y olor a fritanga, me estaba haciendo cosquillas en los cojones del alma y no me vi capaz de aguantar mucho más tiempo su vozarrón de gorila descomunal. Me iba yo, sin molestar a nadie, pero el muy borde me increpó cuando ya tenía la puerta abierta: «Buenas noches si te acuestas, bergante, y no te sirvo nada, que te lo beberías». Con un pie en la calle me volví para hacerle cortes de manga desde el portal. Muchos tantos. De cuatro formas distintas.

Paralelo a Apuntadores, el bar Bruselas prometía variedad. Y la tenía, pero muy repetida. Pepe estaba repartiendo leña a unos americanos que creí entender le habían tratado de cornudo y de hijo de la gran puta. Eran cinematográficas a más no poder las muecas y gesticulaciones del barman mientras establecía, con toda claridad y razón, y el bate de béisbol en la mano, quién era y quién no era *son of a bitch.* El asco y el desprecio por los contrincantes se escapaba por las comisuras de sus labios. Evadido de todo, desde el rincón extremo de la barra, yo escuchaba un *blues* de Billie Holiday. Casi sin querer, mi cerebro evocaba el currículo laboral de Pepe: paracaidista, guardaespaldas en garitos de juego clandestinos de Nueva York, servicios de logística en partidas de contrabando, cuando, de repente, se rompió en mil pedazos, como un espejo desde el centro, la armonía del ambiente y de las cosas. Y Pepe estalló con una ira profética y apocalíptica: «Ya estoy hasta los cojones de putas yanquis», y mientras salía de detrás del mostrador dos marines ganaron la puerta igual que si les empujara un cohete desde el culo. El tercero, y encima negro, no tuvo la misma suerte. La humanidad poderosa del barman, hecha de músculo trabajado en gimnasios con pesas, le cayó encima como un alud. Las bofetadas llegaban una tras otra sobre un rostro espantado, muy dilatados los ojos de ébano bajo los morados. El negro aún chillaba igual que un mono cuando el mallorquín le agarró, mano en el culo y mano en la cabeza, y le proyectó, ascensionalmente, por encima de los siete peldaños, hacia la puerta. Una puerta, hay que decirlo, de las que se abrían hacia adentro. Pues bien, parezca mentira o no, el negro no puso pie en ninguno de los peldaños y sus huesos molidos aterrizaron en la calle. Salió, nadie sabe cómo, sin tocar el suelo. Y los otros dos, que no sabían qué era lo que les llegaba encima, arrancaron a correr sin detenerse ni un momento a curar las heridas del amigo, que salía maduro del Bruselas. El bar estaba vacío y me hice servir un segundo whisky. «Es que no puedo contenerme, con estos hijos de la gran puta. Tendrían que venir patas arriba. Cada vez que entran aquí me arman una trifulca del oeste. Una cada día por lo menos. ¿Sabes qué ha pasado? Después de mamarse medio bar querían escapar de balde y, cuando les he enseñado el palo, me han insultado de mala manera. Y pagar, lo que se dice pagar, no han pagado, cierto; pero el negro ha cobrado por los tres. El negro se acordará del bar Bruselas, puedes estar seguro». Llegó el pianista pelirrojo y con perilla, y poco después empezaron a entrar las parejitas en busca de rincones oscuros donde besarse y meter mano. Una extranjera muy rubia, casi blanca, sonreía a los hombres, sentada junto al piano, bajo el mural de Brueghel que reproducía una fiesta campesina. Miraba fijamente a los ojos, igual que un hombre cuando mira las piernas de una mujer. Y le daba igual si les veía solos o acompañados. Llevaba escrito en la boca un rictus de viciosa, devoradora y mantis religiosa a caballo de una víbora. «Seguro que ésta ya ha enterrado al marido y a media docena de amantes —pensé—, y ahora va en busca de cachorros perdidos en las esquinas». Se amorraba con pausa a una bebida verde, ella, y la paladeaba igual que si fuese un caramelo de menta.

Llegó Javier bajando las escaleras como un torbellino. Tras él venían Bernardo, Luis y Guillermo, el policía. Pidieron bebidas con ademán imperioso y apresurado. Inmediatamente después entró un muchachito desconocido que dijo llamarse Jaime. Tenía toda la apariencia de pájaro recién salido del nido o de criatura con la leche en los labios. Javier se dirigió a mí muy exaltado. «La hemos tenido, y gorda, en el baile del SEU. Hazte una idea: Paco el ibicenco borracho como una sopa y un montón de muchachitos le han arreado una paliza de órdago. Ha venido al Bucanero a contárnoslo y hemos salido todos a pasar cuentas con los mamones. Ha sido fuerte, porque cuando me he plantificado en medio de la pista y he parado el baile y la peonza, los que le habían vapuleado no salían a dar la cara». «Pero yo les he identificado —dijo Luis—. Y muy acojonaditos, no sabían dónde esconderse. Si les dejásemos impune una tal fechoría, los cuatro canallitas de siempre podrían llegar a creer que somos unos mierdas». Guillermo se acercó a mi taburete, con la gabardina Bogart que su madre le regaló cuando le dieron la placa y la pistola y, tartamudeando con aquella lengua farfulladora, quiso poner las cosas en su punto. «Pero tampoco debemos olvidar que Paco se había pasado tres pueblos. A un hombre hecho y derecho, de treinta años, no vamos a perdonarle que se presente en un baile de jovencitos, saque a bailar a una mujer por la fuerza ante los ojos de su acompañante, y en la pista intente magrearla abusando de mala manera». «¡A un hombre que va bebido se le perdona todo!», gritó Javier. Y el jovencito que se llamaba Jaime, mientras bebía a pequeños sorbos una ginebra con hielo, intervino para preguntarle: «¿O sea que legitimas aquello que dice a los míos con razón o sin ella?». La amistad por encima de todo era el tema preferido de Javier. Ya la habíamos armado. «Mira, niño —le dijo—, a veces por un amigo haces cualquier cosa, porque él también lo haría por ti». «¡Además —reiteró Luis, un tanto obsesivo—, que aquellos cuatro chisgarabís, que no son más que mindundis, podrían llegar a pensar que nosotros somos unos mierdas! Los estudiantes del Instituto no deben buscar camorra con hombres peludos que se afeitan y la tienen tan gorda como su brazo». Y Javier insistía: «La amistad es el sentimiento más elevado que puedes tener en esta vida. Una mujer te fallará muchas veces, pero un amigo nunca, si lo es de veras. Y conste que hoy ni siquiera me la he jugado, por Paco, porque los mamoncetes no tenían ni media hostia. Y cuando ha salido uno a recoger el guante, orgulloso de sus músculos porque decía que iba a un gimnasio, le he abofeteado a placer. Si no me lo llegan a quitar de en medio, créeme, le habría metido la mano en la boca y le habría puesto del revés, como un calcetín». «¡A por ellos! —gritó Pepe, que al salir de una pelea ya pensaba en la siguiente—. ¡A ellos, que son pocos y cobardes! Debisteis venir a buscarme, que por un asunto de Paco yo cierro el bar y les habríamos arreglado de buena manera, a los cuatro pipiolos del SEU. La otra noche, serían ya las dos, y Paco y yo éramos los últimos aquí. Poco antes, yo había tenido una trifulca con cuatro chuletas forzudos, que me esperaban fuera. Y Paco estuvo a mi lado en todo, como los buenos, y los cuatro achulapados al final escaparon trastabillando». El jovencito llamado Jaime se atragantó con la ginebra y enrojeció. Ya recuperado, observé como la mirada penetrante de la extranjera sentada junto al piano le ponía violento y no sabía dónde meterse. Se fue el primero, seguramente para no llegar tarde a casa. Y al despedirse dijo que volvería al bar para encontrarnos. Cuando Jaime hubo salido, Guillermo, el policía, explicó: «Éste se ha puesto de nuestra parte y ha impedido que uno le diera con una silla por la espalda a Javier, mientras repartía estopa». Bernardo, que había permanecido en silencio todo el rato mientras observaba escéptico el entusiasmo general, dejó huella de su presencia con un comentario cáustico: «Otra vez, llamadme cuando Paco haya hecho un monumento a la virtud, porque en esta fiesta toda la razón la tenían los otros». Y llegó Paco, que no se tenía en pie, sostenido por Toni, que le ayudaba a mantener el equilibrio. Toni parecía llevar el peso del otro como un fardo y los dos mostraban el rostro hinchado, amoratado, a consecuencia de los golpes recibidos. Mientras yo hacía burla de sus ojos a la funerala, Toni no hacía más que repetir: «Tendrías que ver la cara de uno de aquellos niñatos de mierda». «Te veo a ti y me basta —acabé por contestarle—. Por lo que puedo constatar también pegan, los niñatos de mierda». Después se produjo un silencio denso, como de manteca que podía cortarse con un cuchillo. Hasta que, de repente, Paco se levantaba tambaleándose y quería ganar la puerta mientras decía: «He de volver allí, que no me gusta dejar las cosas a medio hacer». Una copa de absenta le había hecho recuperar el púnico espíritu guerrero y entre todos tuvimos que calmarle. Bernardo fue el único que no movió un dedo: «Que le maten, ¡Cristo bendito! ¡Vaya domingo nos ha dado, el ibicenco de los cojones!».

Llegaron dos azafatas nórdicas. Ingrid, que trajinaba con Javier cuando su novia estaba en París, y otra más bien culibaja y en exceso generosa de pecho y de caderas. Con el uniforme de trabajo aún puesto tomaban champán en la barra. Por debajo de sus faldas, algo arremangadas, asomaba muslamen apetecible, del bueno, mientras cruzaban las piernas sentadas en dos taburetes. A pesar de la paliza encajada y del ojo morado, Toni se abalanzó a dar conversación a la mamona y culona, casi como quien actúa por un reflejo condicionado. Pronto partieron los cuatro al JB, para bailar al ritmo lento y melódico de la música francesa. Los otros volvieron al Bucanero y de nuevo me quedé solo. No dejaba de mirarme con descaro la vieja sentada cerca del piano. Eran más de las once y pensé que algo más tarde Carmela tal vez estaría en Can Vallés, con la madama y las otras pupilas. Muchas noches el marqués se las llevaba a todas de juerga. Y era digna de ver, Apolonia de nuevo en danza. Su carne, prieta en la faja, añoraba más que deseaba, con un punto de nostalgia, el roce de los macarras en el entrepernar a la hora del tango. Y le chupaban el tuétano y el alma de alcahueta, aquellas filigranas, porque la mami de las gallinitas, ángeles de Dios, aún pretendía tener contento el coño de clítoris insumiso y desvergonzado. A sus años ya no podía aspirar a semejantes excesos por la cara. Y los macarrones del Barrio que habían pasado serviciales por su cama, iban todos con un anillo de oro con rubí montado de los grandes, y en el cuello una cadena sosteniendo la imagen de la virgen del Carmen en oro de dieciocho quilates. La medalla era grande como un duro de Franco. Hacían buen negocio, con Apolonia, los profesionales del orgasmo, especialistas en aliviar la soledad de las mujeres. Ninguna tan generosa como ella. Decían que en la cama aún daba sorpresas. Qué lástima no haberla catado veinte años atrás, cuando citaba a los hombres más importantes de la ciudad, industriales, concejales, banqueros y algún canónigo, y, cinco minutos antes, cualquiera de ellos estaba ya desnudo en la cama, aguardándola.

El bar hervía de gente que escuchaba las improvisaciones y los virtuosismos del pianista. Me volví, llamado por una palmada sobre el hombro y por una voz que me pedía fuego en francés. Era la extranjera, que había dejado el sofá junto al piano y ahora se sentaba en un taburete junto al mío. La contemplé de arriba abajo con mirada lenta mientras ella, con toda parsimonia, introducía el cigarrillo en una boquilla, larga y sofisticada, que lo mantenía sujeto con una especie de pinza retráctil. Y ya con los trebejos de llamar la atención dispuestos de manera perfecta, repitió que quería fuego. Esta vez en español, con un desastre de erres arrastradas. Le encendí el Capstan's mientras observaba con avidez sus pupilas azules que, al mirarme, era como si me desnudaran sin sombra alguna de pudor. Bajé los ojos hacia aquellas piernas espléndidas, ofrecidas generosamente por la gabacha a mi mirada, y la verdad es que, vistos de cerca, sus muslos no tenían edad. Muy al contrario, bajo la seda del vestido, aquella piel desnuda y presumiblemente suave, perfumada a la francesa con un punto de erotismo arrebatador, prometía un tacto experimentado de huella indeleble. La mandíbula, ligeramente prognata, evidenciaba una vocación de devoradora de hombres cargada de posibilidades. Me imaginé un agujero negro igual que la pinza retráctil al final de su boquilla: una patata viva, profunda y vigorosa en el mordisco, capaz de aprisionar el nabo y, si es preciso, guillotinarlo.

Había venido para amueblar un chalet de lujo, con jardín frente al mar, para ella y su hijo. Del marido, no hablaba. Con la ayuda de cócteles verdes y rojos, que sorbía uno tras otro, me contó más cosas acerca de su vida. Ejercía la medicina en Lexy, un pueblo industrial del norte de Francia, junto a la frontera belga. «En la comarca me consideran una mujer de moral dudosa. Muchos días salgo de casa por la mañana, en mi coche, y no regreso hasta la noche. ¿Y quiere usted saber qué hago en todo el día? Mientras dura la luz, vuelvo a los lugares donde otro tiempo supe vivir feliz mi pasión secreta. Al anochecer, entro en los *bistrots* de los mineros y bebo *beaujolais* con los más jóvenes. Cada noche levanto a alguno y me lo llevo en el coche a *baiser,* en un descampado entre fábricas…». Se consideraba una víctima del amor. Antes de la historia secreta había creído que amaba a su marido. «Incluso le perdonaba que no supiese entenderme demasiado». Pero el otro la persuadió de que no le amaba ni le había amado nunca, porque nunca, hasta que cayó en sus brazos, había sabido lo que era amar. Y desde aquel momento, ella consideró que su deber ya no era no mentir al marido, sino no mentir al amante. «Me sentí *méchante,* una bruja». No quería hacer desgraciado a su cordero, ni tampoco a la esposa legal del otro, y al final sufrieron mucho los cuatro. Y después se había vuelto cínica, Michelle. «En casa tengo una pistola antigua, del tiempo de los mosqueteros, con la culata de madera. Cada hombre está allí simbolizado mediante una muesca. ¿Sabe cuántas llegué a hacer en un año? Cuarenta y cuatro. *Pas mal du tout,* ¿no cree?». Era una descaradita, la gabacha, pero no le cantaba la sudorina, como a las alemanotas sucias del verano. Todas las francesas son putas. Y también elegantes, es cosa sabida. Michelle, además, rezumaba por su piel un refinamiento felino, de pantera o de tigresa, que la hacía intangible como el humo de su cigarrillo. Constantemente me transmitía una impresión de eventualidad. De si va bien, bueno; y si no, campo y fuera. Es decir, aquella mujer podía, en cualquier momento, levantarse del taburete y partir saludando muy educadamente. Incluso, mientras me besaba, sus ojos se dirigían hacia el jovenzuelo que estaba metiendo mano hasta las bragas a dos metros de nosotros. Cuanto más desvergonzada la veía, más dura me la estaba poniendo, hasta que llegaron a dolerme los genitales. Ella parecía gozar con mi cabreo y yo empezaba ya a subirme por las paredes. Una valiente sádica, la gabacha. Se estaba comiendo a los hombres con los ojos en mi presencia, como una mala cosa. Llegué a no saber si necesitaba encontrar un hombre cada día o si estaba siempre huyendo del último que había tenido. Si Marañón llega a conocerla, en vez de interesarse por Don Juan habría querido profundizar en Doña Juana. Evidente de toda evidencia.

Buscar a o escapar de. Me lo aclaró en parte al contestar a una pregunta. Yo la interrogaba sobre si le gustaba más agradar y ser admirada o follar directamente y por el camino más corto. «Cuando yo era joven —respondió—, bueno, quiero decir, cuando era más joven, los hombres me consideraban apasionada. Con mi marido fue distinto. Un día, pasados muchos años, comprendí que si no me separaba sólo era para poder inculparle de mi frigidez. Aquel amante me había hecho recuperar un pasado esplendoroso: el placer de *faire l'amour* sobre la hierba húmeda o en un coche deportivo de dos plazas, con las dos piernas olímpicamente levantadas, la curiosidad por las nuevas experiencias, el placer sin fronteras. Eddie hizo conmigo todo lo que quiso y más. Cuanto más me degradaba, más nuevas fuentes de placer sentía crecer dentro de mí. Cada centímetro de mi cuerpo estaba erotizado, no solamente por su contacto o su presencia, sino incluso por su voz al teléfono, por el claxon de su coche al pasar bajo mi ventana, por la media docena de amigas mías que también habían pasado por aquellas manos. Lo trágico era que él sabía muy bien cómo tratar a las mujeres. Siempre las tenía a todas contentas». Y no se le encabronaban, pensé. Tal vez incluso acababan haciendo tortillas, ellas con ellas, ante la mirada protectora del semental. «Después, los otros hombres han resultado ser otra cosa muy distinta». «Te han convertido en una ninfómana frígida. ¿O no?». «Seguro. El problema es mental, no sólo fisiológico». Buen panorama tenía ante mí. Cualquier día aprendería a envejecer junto al marido, el hijo, la madre y el espíritu santo. Después de pasar una terrible hambruna de hombres para no llegar nunca a saciarse. Y valiente proyecto de futuro: la menopausia en la mesa camilla, contando los chismes de la comarca y jugando al pinacle con el de los cuernos largos.

Pensé que Michelle no haría mal papel en Can Vallés. A última hora, con Apolonia y con Carmela y todas las otras: Xima la butifarra, Antonia la sollerica, Pereta de los Huevos, Fineta, la Campanetera, la Niqueladora, la Pequeña del veintidós, Troques y Carrerona, ambas a punto de jubilarse. Incluso podría recomendar perfumes, higiene y limpieza en el barrio, que buena falta hacían. Más de medio borracho, inicié una alabanza a sus piernas de Mistinguett de provincias hablándole de sus aires de señora elegante y degenerada que se come a los hombres con los ojos cuando no puede hacerlo de otra manera. Pero ella ya sólo me miraba a mí. Los otros machos se habían ido y Pepe contaba dinero en la caja registradora. En menos de cinco minutos nos encontramos en la calle, bajo el relente. Sentados en el coche me contaba que en Francia había grupos de matrimonios cristianos que practicaban el cambio de pareja como terapia contra el aburrimiento y cualquier tipo de sentimiento posesivo. Después se puso a besarme el pecho mientras me abría la camisa, devorándome los pezones con mordisquitos escalofriantes. Y bajó la boca hasta la bragueta para comérmela entera. Me decía que es preciso animalizarse, para gozar del fandango. Después callaba y mamaba, arriba y abajo, arriba y abajo. Pensé en aquel día en el piso de Elena, y en la boca de Reyes, que me descubrió aquello por primera vez. Me sentí terriblemente mal cuando me hizo correr y veía gotas de leche en sus labios y en su lengua. Nunca más quise volver a estar con ella. Y Michelle, con el mismo método, que por algo se le llama hacer el francés, estaba a punto de llevarme al mismo resultado. Pero reaccioné y, de repente, le arrebaté la cabeza contra el cristal de la ventanilla tirando con fuerza de sus cabellos. Ella me miró con ojos enigmáticos, misteriosos, y dijo: «Me gusta tu... mano poderosa y fuerte». Arranqué y en un momento estábamos desnudos en la cama de su hotel de cinco estrellas, el Mediterráneo. Después, me parece recordar que hizo subir champán rosado francés.

El despertador sonó cuando eran casi las diez y media. Me hizo salir del sueño mientras en mi ojo bailaba un rayo de sol que entraba por la rendija entre dos cortinas de terciopelo. Los estragos de la noche anterior eran evidentes: ceniceros con colillas y tabaco rubio desmenuzado sobre la moqueta roja, dos copas altas vacías, una botella de Moët et Chandon con restos de champán, ropa interior esparcida. La de ella, de seda fina y transparente, negra; la mía, blanca y de algodón. Con un movimiento de la cabeza aparté el rayo de sol de los ojos, que se fue a perder en el brocado barroco del cabezal. Unos nudillos llamaron a la puerta y ella, ya vestida, abrió al camarero que entraba con el desayuno. Llegó por la ventana la voz de bronce de la campana de una iglesia. Creí recordar que nos encontrábamos cerca de la parroquia de Son Armadans. Poco a poco el despertar se convertía en algo real, con el recuerdo fragmentado de la noche anterior: gestos voluptuosos de su cuerpo y la lenta subida de una sexualidad sofisticada, seguramente rara, de orgasmo difícil. Cuando estalló el placer, la cama enorme parecía pequeña. Gritaba y pedía más, gemía, lo quería todo, pero más rápido, aún más, invocaba a Dios —*«ah, mon Dieu, mon Dieu!»*—, y quería morirse. Después, relajada, contaba de nuevo las cosas sin fingimientos ni reservas. Tiene razón el abuelo cuando dice que un clítoris contento no tiene miedo ni vergüenza. Así fue como desembuchó que a las cuatro partía. A decir verdad la noticia me alegraba, porque empezaba a estar harto de la gabacha. Me resultaba empalagosa. Ahora contándome de Bernanos durante la guerra, ahora de una tal Gertrude Stein que vino a comer coca por aquí, y el coño de su amiga, de Camus, que frecuentaba un cabaret del Chino y el claustro de San Francisco, o de los libros de Robert Graves que nunca habían llegado hasta las librerías de Mallorca.

La acompañé hasta el aeropuerto y cuando la vi partir hacia el avión empecé a respirar tranquilo. Todas las francesas son putas, pero se leen incluso la letra pequeña. Rojas ilustradas y culturizadas son, ellas. Rojas con carrera, pero más putas que las gallinas. Lo tienen crudo, porque aquí lo entendemos todo de otra manera, nosotros, los mallorquines. Más valía que se marchara a tiempo, antes de encoñarse, porque sé a ciencia cierta que a ésa no iba a quitármela de encima cepillando. De este modo todos quedábamos bien, con una cita inconcreta para el próximo verano. Y mañana será otro día.

El miércoles me dejé caer por El Bucanero. Los de la pandilla hablaban, para no perder las buenas costumbres, de la dureza de un invierno largo y sin mujeres. Javier se mostraba partidario de promocionar a las gallinitas autóctonas, las que comen de nuestro mismo salvado. «Sólo para hacer ambiente —decía—, para animar el cotarro, porque todos sabéis que yo el chalet lo tengo en París de Francia». Alguien aprovechó para citar nuestras cinco partes del mundo: Mallorca, fuera de Mallorca, tierra de moros, Cuba y París de Francia. «A escupir en la calle —exclamó Saíto, el barman, con las manos en la coctelera y el oído atento a lo que se hablaba en la barra—, a escupir en la calle que yo, aquí, no quiero líos». Bernardo no estaba de acuerdo ni con Saíto ni con Javier. «Tú cállate —le dijo al barman—, y tú —dirigiéndose a Javier—, debes ir más caliente que el gallo de la Pasión, el que cantó tres veces después de las tres negaciones de Pedro —y volviéndose a mí añadió, sin motivo comprensible—, ya me perdonarás. Porque lo que debemos pensar todos es que las de aquí, un día parirán hijos, tuyos o de otro, ante tus ojos. Y ya lo tienes, alguien podrá decirle un día, a la pobre criatura: "tu madre se acostó con Javier, o con Perico el de los Palotes". Como el primitivo Pascasio, que va diciendo por ahí que se ha tirado a Monique, la mujer de Mariano».

Cansada de sufrir las escapadas de Mariano, Monique trotaba como las yeguas por la noche palmesana. Pascasio, sin embargo, no nos merecía ningún crédito. Venía con nosotros, pero no era de los nuestros y todos lo sabíamos. Blas le inmortalizó haciéndole protagonista de una historia divertida que había registrado en el magnetófono. Pascasio llevaba todos los números para hacer de él el pito del sereno. Para empezar era calatraveño, nacido en el barrio de La Calatrava, en una familia de curtidores, y le inventábamos un olor antiguo a pieles adobadas. Un buen día, Juanote Bonnín, el chueta meapilas redomado, se lo llevó a los cursillos de cristiandad. Y fue apoteósico. Allí Pascasio presenció la confesión pública de un concejal que contó sus pecados de la carne con una queridita carbonera. Le había puesto casa con ducha y así en la cama ya no parecía africana. El concejal lloró en público, se golpeó el pecho como un yo pecador y recitó la letanía: «Soy un cerdo que ha hecho enfadar al Amo y ha escupido sobre el vestido blanco de la Madona. ¡Ay, el vestido manchado de la Madona!». Y bueno, un desastre. Pascasio, la puta garrapata, se dejó comer el tarro, se encendió con aquella cosa sectaria y también hizo confesión pública de sus pecados, llorando como una María Magdalena. Después, cuando su carne flaca pecaba de nuevo las noches que se venía de pica con nosotros, íbamos a espiarle, de madrugada, mientras pedía la absolución bramando bajo la ventana de mosén Pablo Llabrés. Guardaba en el fondo de su corazón el miedo encabronado a palmarla sin la gracia de Dios, aquella misma noche, y entrar en la condenación eterna. Aquello le amargaba los placeres mejores, le llevaba a mal traer y por muy mal camino. Nada menos que el temor a chamuscarse en el infierno con una brasa encendida bajo su cojonera pecadora y el culo mañanero torturado con ascuas y lanzas candentes al rojo vivo. Que se las iba a meter el fantástico Bañeta Verde. Tal y como se lo planteaba, la eternidad era un lapso de tiempo considerable. ¡Qué fantasías! Y qué vaharadas para el mosén, obligado a confortar al sopla-gaitas a las tantas de la madrugada, dando bálsamo a su alma desasosegada.

Blas había registrado, con todo detalle, las oscilaciones morales de Pascasio. Y eran la monda. La última cinta grabada recogía su promoción social, por obra y gracia de las ratas de sacristía en atención a los meones de agua bendita. Le abocaron dinero a cántaros para abrir una tienda de zapatos con dos dependientas de Acción Católica. Una noche, Luís se llevó a una de ellas, pelirroja y pecosita, con el coche, hasta el mirador de La Bonanova. Él decía que la mujer se había cerrado de piernas a la banda por causa de las noches toledanas que le daba con frecuencia, Luís, cuando volvía a casa a altas horas de la madrugada. Con la intención de poner vaselina y evitar males mayores, al milhombres se le ocurrió regalarle unas botas blancas. Iba guiado, naturalmente, por la conocida glosa:

Por aquellas botas blancas
que ella contenta aceptó,
el bergante le tocó
mamas, muslos, culo y ancas.

Pero Luís no tiene arreglo y todo es por demás. La intención no podía ser mejor: comprar un regalo para reconciliarse con la mujer y hacer el firme propósito de no llevar más aquella mala vida. Y de repente, la fatalidad. Tener que ir a encontrarse con la pecosita en la tienda de Pascasio. Y con las botas empaquetadas en el asiento de atrás y la pelirroja de copiloto, se la llevó por los vericuetos peligrosos del monte de Na Burguesa y del mirador de La Bonanova. Donde un movimiento de volante en falso puede ocasionar una tragedia. Y he aquí que fue la hora en punto en que la pelirroja, una muchacha toda de Dios hasta aquella noche, sintió curiosidad por investigar los colores del camino del averno, el sabor de un buen magreo con besos de torniquete y el tacto de una mano experta en la entrepierna. Al final, Luís acabó con un espantoso dolor de huevos y la pecosa llorando arrepentida. Una semana después entraba en un convento. Pascasio, el muy cabrón, aprovechó para contratar a una nueva dependienta. Una real hembra, esta vez, morenaza como una reina mora, procedente de una barriada de inmigrantes poco adictos a las prácticas sacramentales de la Iglesia católica. Y era él, esta vez, quien se la tiraba, el gran Pascasio. Así estaban las cosas cuando los *Maumau* de los cursillos de cristiandad pasaron la bandeja para comprar una máquina de coser a la queridita carbonera del concejal, que vivía a su costa y sin dar golpe. Pensaron que si ahora, con sentido moral del honor y de la dignidad responsable, el protector la abandonaba, aquella mujer iba destinada a un mal final: morirse de hambre o ingresar, más pronto o más tarde, en una casa de citas. Aquel cónclave de cínicos cuervos negros, pájaros de mal agüero, decidió que si el trabajo de la queridita era limpio, ella pondría más cuidado en conservar su alma pura y sin pecado. Pero un buen día el concejal tomó la determinación de volver con la mujer, porque las partidas de brisca y de malilla abarrotada, con ella y con las dos cuñadas, alrededor de la mesa camilla, de nuevo se le hicieron insoportables. Y en menos de dos semanas volvió a las andadas con la carbonerita, ya transformada en costurera experta y hacendosa. En las redacciones de los diarios, los lame-culos metafísicos iban y se lo contaban a los directores: «Ahora tiene la querida y la máquina de coser, Miguelote Llaneras, y ya te arreglarás, si quieres mejorar el mundo».

Aquella noche Blas venía con el aparato a cuestas para hacernos escuchar la última aventura del Conejo Pascasio. El título de aquel capítulo del serial era prometedor por más de un concepto: «De lo que sucedió cuando quiso entrar en el Círculo Mallorquín, pero de nada sirvieron dineros de nuevo cuño para rematar su propósito». Puso en marcha el magnetófono:

«La historia que os voy a contar es pedagógica y didáctica. Ahí es nada, la dura, infructuosa y difícil subida del Conejo Pascasio hacia la cima de la pirámide: la entrada en el Círculo Mallorquín. Afortunadamente se encontró con alguien en la puerta, nunca han faltado almas caritativas entre nosotros, que le recordó su prevaricadora condición con el conocido eslogan: todavía hay clases. Gracias a nuestros honorables dirigentes, el Círculo sigue siendo el Círculo». (Música zarzuelera de *La Verbena de la Paloma*: «También la gente del pueblo tiene su corazoncito y lágrimas en los ojos y celos mal reprimidos»). Hablan don Xim de Bearn y el marqués de Collera.

—Y yo que no sabría decirle que no, a un chico tan simpático. Jacobo, yo sé de buena tinta que es una bellísima persona. Nunca ha hecho daño a nadie y, además, quiere mucho a su madre. Hace buenas obras. Paga becas de seminaristas, dos cada año, como un señor. Ahora, a un muchacho como él, dale bola negra y es que le enfermas. Haces de él un resentido.

—Xim, no me toques los cojones.

—¡Y tú, no seas tan malhablado!

—Perdona, Xim. Yo solamente quería hacer un distingo. Nunca he puesto en duda que sea una bellísima persona y además, personalmente, no tengo absolutamente nada en su contra. Pero nada de nada. Por otra parte, los avales que aporta no pueden ser mejores: han firmado por él los hijos del general Sabater, Román y Antonio. Como puedes ver, eso es ya toda una garantía. Pero aun así, ya te digo, distingo, distingo, distingo. En una palabra, Xim, el Círculo todavía es el Círculo. Y si empezamos a hacer manga ancha, pronto puede llegar a ser cualquier cosa. Tal vez, incluso, un parlamento democrático. ¿Me entiendes o no me entiendes?

—Jacobo, a mí no me chilles. Se ve que no te han enseñado a hablar en voz baja. Y a mí no vas a convencerme, amigo, porque te encuentro tan anticuado como Bauzá, que aún escribía no hace mucho que el jazz es una música de negros.

—Pues si no es de negros, ya me dirás qué es. ¿O el jazz no es una música de negros?

—Y yo, Jacobo, ¿qué quieres que te diga, del jazz?

—Xim, no divaguemos. Quiero decírtelo para que lo sepas, para tu natural gobierno. Antes de entrar en la reunión de la Junta Directiva, yo mismo había dejado fuera la bola blanca, a manera de tapón de una botella de gaseosa. Nunca he tenido miedo de dar la cara, y no quería involucrar a los otros en una decisión que yo mismo había tomado, como presidente. Después, ya lo has visto, sólo había una bola blanca en la bolsa: la tuya.

Y mientras don Jacobo Collera calla lo que todos sabemos, que el Conejo Pascasio no puede entrar en el Círculo y que don Xim Bearn es un cabeza de chorlito, el señor Noguera al piano pone punto final al *Vou-verivou* y ataca el tema del destino de *Carmen* y continúa con el aria de Micaela. Mientras tanto, los hermanos Sabater observan la subida del Conejo Pascasio por la ladera de la colina de Bellver. La melodía al piano se diluye para dar paso al diálogo.

—Antonio, nuestra neutralidad centrista es farisaica. El Conejo Pascasio no entrará y nosotros ya hemos firmado. Ahora nos llega la obligación de tomar partido.

—Sí, Román, es la hora de la verdad. Yo ya tengo preparada la escopeta de dos cañones.

—Y yo tengo a punto la carabina, le he quitado el seguro.

—Afina la puntería, Román, que el Conejo Pascasio se acerca a la cima.

—¡Centinela, alerta!

—¡Alerta está!

—¡Fuego!

¡PAM! Y ahora el cadáver rueda, montaña abajo, con las tripas esparcidas y la piel desgarrada, entre manchas de sangre. Éste es el precio que ha pagado el Conejo Pascasio por haberse atrevido a salir de la madriguera en pos de una ambición desmesurada y fantasiosa. Recordad a Séneca, hermanos: no es dándole todo lo que desea que harás feliz al hombre, sino curando su ambición. Angustiado, Román estalla:

—Antonio, si hubiésemos errado el tiro, si el Conejo Pascasio llega a subir hasta lo alto de la Torre del Homenaje del castillo de Bellver, el Círculo nunca más habría vuelto a ser el Círculo.

—Ni el castillo de Bellver el castillo de Bellver.

Y la voz clamorosa de un coro invisible, integrado con la voz de todos los socios, exclama:

—Román, Antonio, enhorabuena. ¡Vale quien sirve!

Hacía más de cinco minutos que el estallido general de risas no paraba cuando llegó Guillermo, el policía. Venía malhumorado y su desasosiego era visible incluso en las arrugas de la gabardina. Parecía abrumado por el mal del mundo, cuando por mucho que hagas no puedes encontrar un culpable al cual meter en chirona como corresponde. Y él no tenía a quién endosar la mandarina. Lo veía todo negro y resoplaba. «Ahora, a última hora, trabajo; y no precisamente del más limpio. Trabajo del que más repugna y desagrada, ¡por los cojones del comisario! Y dos colaboradores que debían acompañarme, ¡su puta estampa!, no se han presentado. Dicen que este asunto no les gusta». Siempre me había parecido que la placa y la pistola eran un peso excesivo para un fulano de la talla de Guillermo. «Mucho fusil para tan poco hombre», como dijo una vez, en Santañí, el conde Rossi a un pequeñajo. Y Guillermo debía pensar que su trabajo sería como en las películas de cine negro americano que veía en la sala de *Sa Indioteria.* Iba entusiasmado con la idea de hacerse el Bogart con la gabardina y se habrá encontrado con unos ladrones que la saben más larga que de aquí a Madagascar. Y para hacer méritos, sin duda se agarra a un clavo ardiendo. «Tenía que encontrarme con dos contactos que no se han presentado y han mandado recado, que no vienen. Los somatenes de aquí no sirven ni para disputar la piñata en un pueblo con los niños. No sirven para nada. Y si me presento con la placa y el carnet por delante a donde debo ir, se armará una trifulca». Chupaba un gin-fizz mientras hablaba solo en voz alta y decía que aquello no era de recibo, que estas cosas no se las debían hacer, a él, que siempre le tocaba tener que meter las manos en la mierda y cosas por el estilo, incongruentes y disparatadas. Cuando estuvo suficientemente empapado por dentro de alcohol, ya más sereno, explicó que se habían celebrado unas elecciones a concejales por el tercio familiar y, a última hora, el gobernador había modificado su apoyo. Que había cambiado de parecer, vamos, y que no tenía que salir elegido don Zutano, sino don Mengano, tal vez por presiones de don Perengano. Y el terremoto había llegado hasta los sótanos de Gobierno Civil. Y naturalmente, al más bobalicón, que debía ser Guillermo, le habían encargado ir a retirar las listas y llevarlas aquella misma noche a la Jefatura Provincial del Movimiento. La *Caporalia* dijo Javier, siempre partidario de mallorquinizarlo todo hasta donde le fuese posible, viniese o no a cuento. Y al momento se ofreció para acompañarle, porque por un amigo se hace lo que haga falta y, además, porque el JB le venía de paso en el retorno a casa y podría tomar allí una última copa. Yo también pensé que un poco de jaleo me despejaría y dije que les acompañaba. Me había picado la curiosidad de saber en qué podía acabar aquel embrollo. Guillermo siempre presumía presentando la versión más estética de su ejecutoria: redadas de maricones con nombres importantes; putas en el barrio, por la cara; confidentes del contrabando infiltrados en las redes más importantes. Pero nunca le oí hacer una sola mención a la política. Seguro que al verle de tan cortos alcances se lo habían sacado de encima destinándole a la Brigada Social, donde todo el mundo estaba de veraneo plácido y sereno, en las playas de Mallorca. Ahora, sin embargo, le llegaba lo que se produce una sola vez al año, si llega, y no sabía mantener el tipo. Parecía que el mundo se le venía encima.

Dejamos los coches cerca del monumento a los caídos del *Baleares*, en *Sa Feixina,* y por el camino improvisamos un plan estratégico. Javier y yo iríamos a la casa electoral, el domicilio de un matrimonio de gente mayor, a pedir las listas, y las llevaríamos al café Cuba, donde Guillermo debía esperarnos, al comienzo de la calle de San Magín. El Consulado del Mar estaba a cuatro pasos y todo iba a salir a pedir de boca. «Pensad que si no os hacéis con las listas —nos dijo—, no tendré más remedio que ir a buscarlas yo y llevármelas por la fuerza. Pero, naturalmente, será necesario que me identifique. Y si esto ocurre, no me van a subir el sueldo, en Jefatura, sino que se me va a caer el pelo. Y ahora no necesito deciros que esta operación es algo que debe hacerse, pero nadie debe saberlo nunca». Lo más grave no era que el pobre Guillermo se metiese en malos rollos, sino que se le veía actuar sin enterarse de qué iba la película. Seguro que el gobernador estaba al cabo de la calle, pero se guardaría como del diablo de hacérselo saber a un mísero subordinado. Y la tierna criatura ni siquiera había sabido hacerse respetar de los somatenes, que aquella noche se lo habían tomado a chirigota y le habían dejado con el culo al aire. Guillermo de los cojones. Él y su vocación y su carrera. Bien dice Javier que por un amigo se hace cualquier cosa. Ahora tendríamos que convencer a los viejecitos para que nos diesen las listas, a nosotros, que nunca nos habían visto ni en pintura. Y por toda excusa, debíamos decirles que nos enviaba don Pablo Cavaller, porque la información y el recuento se había centralizado en el Consulado del Mar. Y los viejecitos, claro está, iban a tragar y nos ofrecerían algo de beber. Muy claro lo tenía, yo, que si los viejecitos no estaban conchabados con la madre del cordero, nos mandarían a tomar por el saco sin contemplaciones. Habíamos llegado a la planta baja de marras y por la ventana no se veía luz alguna. Después de aporrear un buen rato la puerta, nos abrió un matrimonio de edad, que ya estaban en cama, no entendían nada de lo que les decíamos y, además, eran sordos. Javier levantó la voz para hacerse entender y ellos abrían mucho los ojos, no sé si espantados o sólo sorprendidos. «¿Las listas? —exclamaba el anciano, con una mano en la oreja que ensanchaba las dimensiones de su pabellón auditivo—. Yo no tengo que dárselas a nadie, las listas. Muy claro me lo ha dicho don Pablo: "Toñito, guárdalas hasta mañana por la mañana, que ellos vendrán a buscarlas". ¿Y ahora dónde me salen, estos dos, con las listas?». «Pero ha habido contraorden, maestro —gritaba Javier para que pudieran oírle—, ha habido un *quid pro quo* y han dicho que las quieren ahora». «Tu pandero, maleducado — intervino la viejecita, con los hombros protegidos por una corta capa de lana gris, indignada al ver que el otro no podía contener la risa—. ¡Qué va, hombre, qué va! Y estos dos van por mal camino, no son dignos de confianza. Toni, tú no sueltes las listas, que éstos han venido a complicarnos la vida». Y Javier: «Madonita, os pido que no os equivoquéis conmigo, que ahora me cogéis el número errado». «Sólo con verte me ha bastado. Si es que la cara no le miente... Ni con la República pasaba esto, ¿me has entendido? Ni con la República. Y si convenía, te daban un duro de plata, y podías tomar anís con ensaimada. ¡Qué va! ¡Si esto es una vergüenza! Toni, tú no sueltes las listas». «Ya me dirás —el viejecito parecía pedir justicia divina mientras ponía los ojos en blanco—, todo el santo día aquí, aguanta y no te muevas, y ahora estos dos mequetrefes, que no sé de dónde salen, vienen a reclamarme las listas. Y yo qué sé si las listas son para don Pablo, o para quién son. Para adentro, Pereta, he dicho, y se acabó». El viejecito apretaba las listas contra su pecho, igual que un Tarsicio con las sagradas formas. De repente, mientras con el dorso de la mano Javier me hacía señal de salir a escape y yo daba un paso atrás, arrancó de un zarpazo las listas de las manos del hombrecito, que abrió unos ojos como platos y gritó, con voz rota y feroz: «¡A mí! ¡Sinvergüenzas! ¡A un viejo le hacéis esto! ¡Malnacidos!». Pero nosotros, con el diablo en el cuerpo, en dos zancadas nos hicimos invisibles entre los molinos. Y por mucho que gritaron, nadie salió de las plantas bajas en su auxilio.

Aquella noche no pude dormir pensando en las listas del gobernador cornudo. Tenía la certeza de haber cometido el acto más miserable de mi vida. Y de buena mañana, el golpear de los dardos contra el corcho del blanco de mi puerta me despertó con sobresalto. Sólo podía ser Carmela. Salí en pijama y por poco me saca un ojo haciendo puntería sobre mi rostro en fotografía, colocado en el centro de la diana. Me había agujereado ya toda la cara. Cuando le dije: «¿Qué hay, peonza?», ella me miró con ojos encendidos. De pie ante mí, mostraba una agresividad que jamás le había visto. Se me cortó el aliento. «No te acerques», dijo con frialdad amenazadora y los dardos en la mano. Le había dado al whisky de buena mañana y tenía a su alcance un vaso lleno hasta arriba y una botella de Passport. El sol del mediodía al entrar por la ventana trazaba una línea de sombra que partía en dos mitades el verde oscuro de los recipientes y aparentaba deformar su geometría. O, si no era así, yo empezaba a verlo todo de manera distinta. «No sé si disparar contra Pedro o contra Pedro», dijo, mientras alternaba el punto de mira desde la foto hasta mi cara, dura tal vez, pero, al fin y al cabo, bobalicona. «¿Qué le pasa ahora? —pensé—. ¿Ha bebido más de la cuenta o está celosa?». Hice ademán de acercarme pero ella, amenazadora, gritó: «¡No te muevas! ¡Los dardos están envenenados y yo me he vuelto loca!». ¡Joder, qué perspectiva! Un hombre ya no puede estar tranquilo, ni con extranjeras, ni con murcianas. Será porque son mujeres y sólo sirven para amargar la existencia. Mira tú por donde, un hombre intenta vivir y dejar vivir, sin molestar a nadie, y no hay manera. Si es que no puede ser. Un hombre se pasa un fin de semana de cojones, descansa, y hala, la forastera encabronada como un mono y hecha una fiera. Es que no hay derecho, y, si no, que venga Dios y lo vea. «Pero, Carmelina, ¿qué he hecho yo? ¿Me lo quieres explicar?». «Tú y tu tierra y los tuyos, si os llevásemos al lavadero público de mi pueblo para hacer colada, no saldría limpio ni un palmo». Tócate los cojones, ahora resulta que no le gusta nada. Putaña de mierda. ¿Y qué habrá metido en los dardos, tal vez ratil? Ésta va embalada y es capaz de ponerme un ojo a la funerala. ¡Y cualquier protesta al maestro armero, voto a Satanás!

Me serví un whisky en ayunas. Buena cosa para la resaca, y también para verlo todo de un modo distinto. Le propuse dejar los dardos y que se sentara a hablar tranquilamente. Ella los lanzó de nuevo, con rabia, contra la foto y me desgració la nariz, bastante machacada por aquella furia devastadora.

«Ya no queda mucho qué hablar. Todo se ha ido a la mierda. Y tú y los tuyos, Pedrito, me habéis escarmentado de por vida. De ésta me acordaré, porque salgo con el coño escaldado. Ayer el marqués me hizo llegar, a través de un recadero tartamudo, y de lengua muy farfulla para más inri, una carta de despedida y dos mil pesetas. Ha decidido dedicarse a la política y en el diario de hoy ponen que le han hecho cosa grande en el Ayuntamiento. Me sugiere que regrese a mi tierra de donde, dice, nunca debí salir. Esas cosas en el barrio no pasan. Ni en ningún barrio chino de España. Ese estilo de actuar es cosa vuestra. Hace menos de una semana, tesoro, tú me adjudicabas leña, más de la que deseaba. Y ahora, ya ves, me pagan el pasaje de regreso. Buen negocio ha sido, mi temporada en Mallorca». Bien mirado, no era mala idea. Aquí, como quien dice, ya había quemado toda la pólvora. Apuré de un trago el whisky y coloqué de nuevo la botella sobre la línea que trazaba la sombra. Ya nada la deformaba. «¿Y el contrabandista?», le pregunté, movido por la curiosidad. Abrió mucho los ojos y no pudo evitar una sonrisa. «Saldrá pronto, corazón. Le esperaré trabajando en las esquinas y me lo llevaré conmigo a Alicante. Cuando salga del talego, este hombre no merece contemplar mi derrota». Pensé que si quería volver a su tierra, el contrabandista iba a serle útil para muchas cosas. Si el chulo malherido o el otro matón volvían a las andadas y caminaban por la calle con un despachurre, convenía que Carmelita tuviese las espaldas guardadas. «¿Y no te ha dicho por qué te daba puerta, el marqués?». Yo estaba a punto de enrojecer de vergüenza ajena. Una hembra como la que tenía ante mí, en mi propia casa. Y que fuese un butifarra quien la hiciese volar de aquella manera. «Ahora me ha resultado político, el marqués. Como hay Dios que ésta no me la esperaba. Dice que su deber es entrar en el Ayuntamiento y que a partir de ahora se verá obligado a dar ejemplo en su vida privada. Pero Apolonia, que conoce el paño, me ha contado que tu abuelito y mi cariño tuvieron unas palabras en Can Tomeu. Y mi relación contigo salió a la luz». Me lo veía venir. Sabía que esto llegaría un día u otro. Ahora estaba claro que todo se había ido a la mierda. ¿Y qué podía decirle, yo? «Carmelita, sé feliz y que tengas mucha suerte. En Alicante se vive bien y aquí pronto llegará el frío. Tal vez ésta sea la mejor solución para todos». Ella derramó dos lagrimones como perlas, que surcaron de blanco el colorete de sus mejillas. Tuvo un último gesto de mujer que la sabe muy larga mientras salía lentamente, arrastrando por el suelo el abrigo de piel de conejo, color café con leche, hasta la puerta. En el umbral se volvió y, llevándose una mano a los labios, besó la llave antes de lanzarla hacia mí volando. Salió dando un discreto portazo y escuché su taconeo ligero bajando la escalera.

Anochecía ya cuando entré en Can Tomeu. En el mostrador chupé cócteles durante un buen rato y no asomó por allí nadie de la tertulia de mi abuelo. Detrás de la barra, Damián me miraba de reojo sin atreverse a abrir la boca. Se limitaba a mirarme y a pasar el trapo seco una y otra vez sobre la madera, límpida a más no poder, haciendo como quien trabaja. Silbaba una canción de moda de Elvis Presley, *El rock de la cárcel,* entrecortada por murmullos en un inglés macarrónico *—Everybody in the whole cell blok / was a dancin' to the Jailhouse Rock—*, y frotaba con el trapo hasta que el mostrador llegó a ser casi un espejo. De vez en cuando miraba al aire o a los dibujos de Bover que cubrían las paredes. Después parecía sonreír para sus adentros y sus labios dibujaban palabras ininteligibles. Cualquiera que no le conociese habría pensado que se ponía el mundo entero por montera o que estaba como una cabra. Se puso a hablar al oído del camarero que servía en las mesas y yo me estaba muriendo de ganas de preguntarle qué mosca le había picado. Cuando se me acercó rompí aquel silencio incómodo saber qué noticias tenía de mi abuelo. Con voz compungida y cara de luto, el hombrecito me dijo que posiblemente la tertulia tardaría una temporada larga en volver a reunirse. Se había producido una disputa, con una palabra más alta que la otra, y de inmediato se habían formado dos bandos. «El del marqués y el del abuelo», me anticipé. Y Damián, con una cara de espanto que le delataba, como quien no sabe por dónde coger el mango de una sartén gigantesca en la que se achicharran los pecados del mundo, humilde en los ojos y en la voz y con un sufrimiento profundo por los problemas ajenos: «Sí, don Pedro». Me sacaba de quicio tanta patochada. Todo, simplemente, porque dos viejos gallos, chulos más que un ocho, habrían arreglado sus cuentas a la antigua manera. Y aquel chisgarabís que tenía ante mí, simplemente un lacayo, un doméstico, más que llevar luto parecía él el muerto. «¿Pero qué coño pasó?». Damián parecía tener los ojos a punto de lágrima. «¡Don Pedro, usted es muy joven! Créame si le digo que estas cosas no son buenas para nadie. Dos señores como aquellos, ¿dónde se ha visto nunca?». «Pero, ¡Cristo bendito!, ¿qué coño hicieron?». «Pues ya que se empeña en saberlo se lo voy a contar, y que Dios me perdone. Yo servía en las mesas y el marqués parecía muy contento, "vuesa merced está de buenas", le dije yo, porque elogiaba los culos de las mujeres y decía que Bover es quien mejor los dibuja y que como aquello no hay nada». «Muy cierto —dije yo—, nada hay mejor que un buen culo de mujer y estos dibujos —señalé los que colgaban de las paredes—, son buena prueba de una mano maestra. La curva en el final de la espalda, cuestión de pulso, nadie la sabe hacer como él». «Sí, don Pedro, pues así iba todo en la tertulia, todo en paz, alegría y tranquilidad, hasta que llegó el abuelito de usted y se sentó en un rincón mirándoselo todo con una sorna extraña y cara de malas pulgas.

Dado que es algo sordo y se le veía ausente, todos hablaban sin preocuparse demasiado de él, más o menos como siempre. Pero se ve que él venía con una idea fija. Yo me encontraba a su lado, acababa de servirle un coñac, en el momento exacto que empezó a removerse adelantando el cuerpo, con una mano en la oreja para poder oír mejor. Era cuando el marqués volvía a contar, por enésima vez, la historia que repetía los últimos quince días: que había llegado "una hembra de las buenas como el pan, y que, malas lenguas decían, un señor mallorquín, un gran señor, ya le había montado un nido de estos para cuidar pajaritas", palabras textuales. Todos se reían con ganas, porque era de dominio público la manera de expresarse del marqués. Se estaba refiriendo al chalecito donde tenía instalada a la chichisbea, y lo contaba todo como si se tratara de otra persona, solamente porque todos estaban al corriente de su aventura. De repente, el abuelito de usted se levantó y en voz alta le dijo, que todos pudieron oírle: "Sí, Biel, a mí me han dicho que hay un viejo que paga y un joven que se la tira. Y el viejo eres tú y el joven es mi nieto". Don Pedro, yo se lo cuento tal y como sucedió, sin poner ni quitar una sola coma. La risotada que vino a continuación pudo escucharse desde la Fuente de las Tortugas. Y como si se hubiese quitado un peso de encima, el abuelito de usted, se levantó mientras refunfuñaba "¡se acabó la fiesta!". Detrás de él salió media tertulia. Y los otros, poco a poco, también se iban pretextando algún compromiso: un funeral, los hijos, la mujer. Al final el marqués se quedó a solas con don Pablo Cavaller. Tiene un gran poder de convicción, don Pablo, porque le hizo ver que ahora no tenía más remedio que deshacerse de la querida, si quería evitarse quebraderos de cabeza. Después, cuando he visto

El Último Adelanto de esta noche, he creído entenderlo todo. Se ve que don Pablo le había inducido a entrar en política, pero aquí no hablaron de nada de esto, se ve que debía ser una cosa secreta entre ellos dos».

Era todo lo que necesitaba saber, incluso más, mucho más de lo que me convenía. Rápidamente comprendí que no necesitaba tanta información, para continuar viviendo. Pero ya estaba hecho y Dios nos libre de un ya está hecho, como decreta la vieja sabiduría popular. Durante tres días busqué a Guillermo el policía por todos los bares y los antros de Palma. Suerte tuvo de hacerse invisible. Quería matarle. Y él, debidamente informado, en vez de acercarse a buscar el brillo de la verdad, deslumbrante como la plata, prefirió poner tierra de por medio. El asunto era ya archisabido en Palma. Precisamente cuando la foto del marqués salía en los diarios. Yo rumiaba que, con Carmela fuera de la isla, los que seguíamos viviendo aquí deberíamos ir con antifaz por la calle. Nos habíamos lucido de lo lindo, todos sin excepción, y aquello empezaba a ser una vergüenza. Por mucho que pensara en ello no llegaba a concretar quién era que, en aquel asunto, podía decir: «He quedado como un señor».

Pasado algún tiempo comprendí que mis iras habían ido mal dirigidas. Un sábado, mi madre me invitó a comer caracoles con ajiaceite, que le llegaban a través de los aparceros de Binivent. Vino a cuento que yo preguntara por el abuelo, a quien no había vuelto a ver después de la trifulca. El padre me dijo que se había ido a Alicante. Aquello me escamó, y más aún cuando oí que mi madre murmuraba no sé qué de «a la chita callando, como quien no quiere la cosa». Entre los dos me explicaron que se había comprado una casa frente al mar, donde pensaba pasar los inviernos. Decía que en Alicante no hacía tanto frío. Al fin y a la postre, se la compraba con los beneficios acumulados de cincuenta años de póquer. En casa todos estaban de acuerdo. Únicamente mi madre, a la hora de los postres, exclamó: «Lo que no acabo de entender es qué hace allí, de jardinero, un ex presidiario, ni tampoco que haya bautizado el chalet con el nombre de "Villa Carmela". Se ve que, con los años, todos acabamos teniendo nuestras rarezas».

Palma, noviembre de 1985-febrero de 1986

Adulterio en Mosafat

TODOS los inviernos el frío en Mosafat empapaba las sábanas y llegaba hasta el tuétano. La tramontana bajaba de la sierra, por Montlleó y Bearn, y después de levantar el polvo de la calle y cegar los ojos de los jornaleros y de las bordadoras, seguía hacia Rosaflor por tierra llana. Antes de ponerse el sol, junto al Puente del Torrente, los niños se jugaban la vida al cruzar de un salto el brocal del pozo, ancho y reforzado, de piedra viva. Y por la Media Luna llegaban carros cargados de forraje, procedentes de Ses Alqueries, de Sant Jeroni o quizás de más lejos. Era la hora en que alguna pareja se perdía por el otro lado, bajo los olmos plateados de la arboleda que seguía hacia Ribelles, y se emboscaba en un pinar minúsculo para amarse en refugios perfumados de mata y de tomillo. Entonces pasaba, como una sombra, Ángela Trecatrec, con faldas de colores que la diferenciaban de las mujeres enlutadas. Hablaba sola por los caminos y hacía gestos obscenos a los muchachos que se le acercaban. Ángela no estaba en sus cabales, decían, y todas sus actitudes resultaban raras a los ojos de la gente de Mosafat, que no las entendía. O quizá las entendía demasiado, y todos hablaban mal de ella y le hacían el vacío y la vida imposible.

Los domingos, cuando el marido se iba a jugar a las cartas, Ángela se acicalaba después de un baño en el barreño grande con dos ollas de agua caliente. Y envuelta en toallas blancas, buscaba los rinconcitos de sol para secarse. El menor de Can Mora, Jordi de Can Carol y el hijo de Rita la cartera, se subían a las higueras y a los algarrobos de un barbecho para observarla. Después lo contaban. A las tres menos cuarto, decían, Ángela salía de su casa con la bicicleta y, evitando pasar por el centro del pueblo, se embalaba cuesta abajo hacia el Torrente, lo cruzaba con una esprintada digna de José Nicolau, de Lloret de Vistalegre, y, con los bajos de la falda y las piernas empapados, seguía por un camino de cabra hasta la carretera. En Ses Alqueries, poco antes de llegar a Sant Jeroni, la esperaba un motorista con un pasamontañas que se la llevaba a Palma, donde volaba a sus anchas y trotaba como yegua desbocada.

El menor de Can Mora la tenía controlada y sabía que no volvía al pueblo hasta muy tarde, y aprovechaba estas horas para coger la bicicleta, que ella dejaba, sin cadena ni candado, detrás de unas matas, cubierta con hinojos y gamones, y partía pedaleando hasta los cafés de Ribelles o de Bearn, a jugar al billar y al futbolín. El escándalo estalló, con fuerza, cuando un domingo se la encontró en el gallinero del cine de Ribelles. Ponían *Gilda* y el asunto había sido motivo de homilías en todos los púlpitos de la comarca. Los rectores, ecónomos y vicarios de Ribelles, Sant Jeroni, Montlleó, Bearn y Mosafat, habían advertido a sus feligreses de los graves peligros que comportaba ver aquella película. Todos decían que Poma, el empresario, un inquero poco escrupuloso, sería el culpable de la condenación de muchas almas. El menor de Can Mora corría detrás de Rosa de La Quintana, que no le hacía ningún caso porque olía a vaca y porque el que a ella le gustaba era Jaume de la Tienda, que era alto y bien plantado y tenía una Guzzi. Y por San Cristóbal ganaba siempre las carreras de cintas de colores. A pesar de todo, aquel domingo Tomeu Mora la buscaba con insistencia por el gallinero del cine de Ribelles. Pero Rosa estaba muy advertida por su madre, que le ofreció partirle las costillas de una paliza si osaba ir a ver *Gilda*.

—Si Poma se quiere condenar y quemar en el infierno, que lo haga, pero si sé que tú te has atrevido a ir, te aseguro que te acordarás de tu madre, Rosita.

Y Rosa, aquel domingo, se fue con las amigas a buscar espárragos, setas y caracoles. Y Tomeu de Can Mora, en el gallinero del cine de Ribelles, buscaba una cosa y se encontró con otra que no esperaba. Ángela y Poma en actitud comprometedora. Cuando lo contaba, decía que echaban humo y que el local vibraba con los gemidos y los jadeos estrepitosos de Ángela.

—El Pomerania le había metido mano hasta la faja, y los gritos que ella daba eran diabólicos —contaba, la noche del lunes, en la Plaza de la Virgen, donde los mozos narraban las peripecias del domingo—. Algunos estaban sentados en la hipotenusa que formaba el palo de la romana para pesar cerdos del triángulo rectángulo donde faltaba el cateto más corto. Cortos y catetos, palurdos todos ellos, reían con la cara roja y se pasaban por la sin hueso las virtudes de solteras, viudas y alguna casada. El revuelo era de fe al recordar las noches de verano, bochornosas, cuando en el Llano ni una hoja de hierba se movía y el sol era plomo fundido sobre las eras. La romana colgaba del alero de la casa del alcalde cojo, con un portal de medio punto de piedra viva bearnesa. Cuando a las diez las emisoras conectaban con Radio Nacional de España, los muchachotes oían un golpe o dos de muleta en el portal, y una voz enérgica que les decía:

—¡Es hora de ir a dormir!

Y ellos, haciéndose los remolones, aparentaban marchar cada mochuelo a su olivo. Pero un rato más tarde, los más atrevidos coincidían bajo la ventana de la alcoba de Ángela, en la parte alta de una casita que habitaba con el marido y la hija, en la calle del Torrente. Las ventanas, abiertas de par en par, recibían poco frescor del campo inmóvil. La luz que llegaba del cielo, en noche estrellada, era más potente que la anémica electricidad, con bombillas de veinte vatios, de las calles y de las casas. La muchachada se ocultaba silenciosa en el pajar de la pocilga de madona Quàssia, una mosafatera vieja y solitaria que vivía con una cabra, dos cerdos y seis gallinas. Y escondidos allí, aguardaban los acontecimientos en medio del escándalo que armaban los animales del corral. Pero no importaba, madona Quàssia estaba sorda como una tapia. Finalmente, los animales callaban y empezaba un concierto muy distinto. Cuando se apagaba la luz de la alcoba de Ángela, el ruido del somier, ñiquiñaque, ñiquiñaque, primero a ritmo pausado, progresivamente más rápido y al final vertiginoso, llegaba hasta la calle y se hacía cada vez más y más sonoro. Y ella murmuraba que quería más, que aquel gallito suyo ya casi no cantaba. Finalmente exclamaba con satisfacción:

—Así, así, así está bien, esto es un hombre.

Y después profería gritos intensos, jadeando con gran fuerza, y el eco resonaba en la calle y llegaba hasta el pajar, donde los mozos, que empezaban a ventear olor a hembra, se masturbaban con ganas.

—¡Qué gusto me das, mi rey! ¡Esto es vida!

Ángela era un escándalo a los ojos del pueblo, porque cada domingo quería ir al cine de Ribelles o de Sant Jeroni. Los días laborables de verano, en Rosaflor, mientras partían albaricoques y los colocaban sobre cañizos de asfódelos, las casadas de Mosafat la compadecían.

—Ésta terminará mal.

Pero ella iba y venía, tan contenta, y entraba con los hombres en la habitación del azufre.

En la calle Mayor con olor a tierra regada, las comadres que salían a tomar el fresco, encorvadas sobre los tambores de bordar o trenzando encajes de bolillos, detenían el leve rumor de sus trebejos y hacían comentarios.

—Ángela lleva mucho tiempo andando por mal camino.

Y todas se reían con disimulo, mientras la calle resonaba con el paso de los animales de herradura y las ruedas de los carros asmáticos, cargados de uva o de avena, hacia los establos o el lagar. Las más jóvenes, por intuición o por generosidad, se solidarizaban, ruborosas, con un calvario que tal vez eran muchas las que lo merecían, y procuraban quitar hierro al problema.

—Jesús Dios mío, pobre Ángela, ahora todos le ponen la lengua encima y en Palma son muchas las mujeres que van al cine en días de trabajo, y nadie tiene nada que decir. Ni siquiera se comenta.

Entonces saltaban las madres:

—¿Pero por dónde me sales ahora? ¿Y quién te ha enseñado a hablar de este modo, descaradita?

Las mozas encajaban el golpe rojas como un tomate y con los ojos a punto de llanto.

—La maestra lo dice con la cara bien alta a cualquiera que quiera escucharla.

—Claro —remataba la madre—, ya decía yo que era con las monjas que te convenía ir. Ellas siempre me lo decían: «¿Leer y escribir? Cuentas debe aprender ésta, cuentas. Si aprenden a leer y a escribir, después se escriben con el novio»...

El toque del Ave María señalaba el final de la tarde y, después de rezar, las abuelas echaban su cuarto a espadas. No contemporizaban, ellas, y decían que una mujer casada no debe hacer según qué cosas, si no quiere perder a los hijos.

—Porque al cine no va sola, niña, y después la acompañan hasta el Pozo en coche. Yo lo he visto con estos ojos que un día se comerán los gusanos. Y créeme, Ángela no entra en Mosafat por la calle Mayor, que todos la vean. Se va a bordear el Torrente, y a la altura de su casa lo cruza descalza, con los zapatos en la mano, sin medias y con la falda recogida, muslos al aire. ¡Te digo que la han visto, y basta!

Las viejas mosafateras perdían el oremus al tocar el tema de Ángela y pensaban que aquella puerca era la nota discordante en la armonía y la paz de la aldea tranquila.

Un incidente en el café puso pronto los hechos en evidencia y vino a demostrar, de manera palmaria, que el horno de Mosafat no estaba para bollos. Miquel, el marido de Ángela, regresaba al atardecer de cavar hoyos de almendro y de higuera en un barbecho después de la Media Luna, entre Ses Alqueries y Sant Jeroni. Junto a la iglesia, a la altura del portal de las mujeres, se encontró con Francisco, el tullido de la familia de los Rafelins, que enfermó de polio siendo muy niño y el cuerpo le quedó paralítico y la voz farfullera. Sus tres hermanas, las Rafelinas, eran las bellezas oficiales de Mosafat, elegantes y orgullosas, de nariz arremangada. Las vestía en Palma Catalina «Burbaia», la modista de moda que cada año iba a París para ver las últimas tendencias en corte y confección de alta costura. Ellas, las Rafelinas, muchas tardes se ponían un vestido y zapatos de tacón alto sólo para ir hasta la iglesia a las cuarenta horas y regresar a su casa. Treinta metros, arriba y abajo. Pero disfrutaban con el repiquetear del taconeo desde el recibidor de su casa hasta los peldaños de la iglesia que conducían al Cancel de las Mujeres. La casa de las Rafelinas, verdadero ejemplo de vivienda de amos rurales, era una de las mejores del pueblo porque el padre había sido mayoral de Binibeia y Son Terrossa, dos casas de señores con posada en el pueblo. Los Rafelins tenían algunas cuarteradas de tierra de secano y de regadío, procedentes de la parcelación de la propiedad agrícola llevada a cabo por el financiero Juan March Ordinas, «Verga», durante la Primera Guerra Mundial. Aquellas fincas rústicas fueron adquiridas en su momento por el abuelo de las tres hermanas. La casa tenía portal de piedra viva bearnesa, con arco de medio punto, aldabas pesadas en las puertas de madera de roble y en el piso de arriba un ajimez. Francisco bajaba apoyado en su bastón de acebuche nudoso, renqueante, con movimientos espasmódicos, por la cuesta que va desde la iglesia al Pozo y al Puente del Torrente. Cuando vio a Miquel le hizo una seña y el otro se detuvo y bajó de la bicicleta.

—¿Qué hay de nuevo, Francisco?

—Vamos tirando como podemos, Miquel —dijo el paralítico, descansando trabajosamente el peso de su cuerpo magro sobre el bastón—. Este año la vendimia no ha dado lo que esperábamos, pero se pisa uva en el lagar y beberemos clarete. Conformémonos, que siempre puede haber cosas peores.

Se oyó en ambos lados de la calle el habitual ruido de persianas que se cierran y, de las sombras verdes o azuladas, surgían ojos que no sólo veían, sino que, sobre todo, miraban. Y orejas que no se conformaban con oír, sino que, además, escuchaban.

—¿Qué pasa? —preguntó Miquel, con la impaciencia del hombre que regresa de fatigosos esfuerzos en los bancales y en las paredes de piedra seca, y hace ya tiempo que nota el zumbido de una mosca en la oreja.

—El pequeño de Can Mora, que ha perdido lo que no podía perder en la mesa de juego y se ha emborrachado de vinazo y ha dado un espectáculo. Yo he salido del café por no oírle. Al final blasfemaba de Dios y de la Virgen, y también se ha puesto en los labios cosas relacionadas con tu Ángela.

Miquel asintió con la cabeza, pasó la pierna por encima del sillín de la bicicleta, dijo que se daba por enterado y continuó hacia su casa. El café, a dos pasos, brillaba con las luces tuberculosas de unas bombillas que repartían penumbra y parecían más potentes contrastadas con la miserable iluminación de la calle. El faro de su bicicleta abría surcos en la oscuridad hacia la casita de una crujía en la calle del Torrente, inclinada y pedregosa, donde las pocilgas, la proximidad del agua y los estercoleros rebosantes, alimentaban nubes de mosquitos que embestían a la cara.

Miquel entró en la casa y dejó la bicicleta en el corral. Se acercó a Margalideta, que estudiaba el grado elemental del pedagogo mallorquín, de Manacor, Miguel Porcel Riera, sentada en la mesa grasienta de madera blanca de pino, en la cocina. El quinqué de petróleo, junto al libro, también iluminaba el trastear de Ángela entre vasijas y pucheros, con el aventador delante de los fogones de leña y carbón. Miró a la mujer, que estaba de espaldas, sin decir nada, y besó a la hija.

Mientras, en la plaza, todo eran comentarios:

—Francisco Rafelí se lo ha contado todo, ahora ya lo sabe.

—Tomeu Mora no tiene consuelo ni perdón de Dios, porque yo estoy seguro de que habla por hablar y nunca la ha tocado.

—¿Y ahora qué pasará?

—Él ha sabido comportarse con una gran prudencia y ha preferido no entrar en el café a ponerle las peras a cuarto, al desvergonzado.

—Tomeu no cambiará hasta que alguien vuelva a romperle la nariz, como aquella vez que la mula de los Morellons le soltó una coz mayúscula y durante una buena temporada lució la cara como un mapa.

Miquel pasó la mano por el pelo rubio de Margalideta. Ella levantó los ojos del libro y sonrió a su padre.

—¿Qué has hecho hoy, pequeña?

—Cuando he salido de escuela a las cinco he venido a casa y la madre no estaba. Ya no me gusta ir a jugar con las niñas. Prefiero venir aquí y estudiar.

Y Margalideta contó a su padre que la maestra les enseñaba historia de España con cromos que acompañaban unas tabletas de chocolate, y que habían empezado con don Pelayo en Covadonga.

—Cuando los moros llegaron hasta arriba de todo de la Península Ibérica, don Pelayo, con los cristianos, se refugiaron en la montaña de Covadonga, que está en Asturias, y les prepararon una emboscada que fue el comienzo de la Reconquista…

Miquel salió al corral y, mientras sacaba agua de la cisterna para lavarse, pensaba que lo de Covadonga se parecía a lo de la batalla de Guadalajara, cuando los rojos al mando de Líster, Lacalle y Mera, con las Brigadas Internacionales, les acorralaron, y la desbandada del

Corpo Truppe Volontarie italiano, al mando del llamado «general Mancini», fue algo increíble, los muy cobardes. Más tarde en el Ebro, su batallón, el número 36 de infantería, ganó la laureada colectiva. Y recordaba al jovencísimo Alberto Moreiras, un extraordinario nadador muy afamado, que cruzó el río, aquella noche de octubre, con un cable atado a la cintura. Un acto de heroísmo militar le resarcía de los triunfos que esperaba obtener en la olimpíada de Berlín, en la que no pudo participar por causa de la guerra. Los oficiales mallorquines, muchos de ellos procedentes de familias aristocráticas, se esforzaron por hacer méritos en aquella guerra, y lo consiguieron. Los soldados, gentes del pueblo como él, mientras luchaban no acababan de comprender la causa ni el motivo. Y Miquel recordaba la carta que le llegó de Coloma, con censura de guerra. Poco después, ella murió en el bombardeo de Santa María del Camino. Pasado mucho tiempo supo que aquella carta le hablaba de los dos cadáveres que aparecieron en Mosafat, en una cuneta de la carretera, junto al puente. Pero la información le llegó cubierta por gruesos trazos de tinta negra. Ilegible. Uno de los dos muertos era el padre de Coloma. Mientras se friccionaba medio cuerpo desnudo con agua fría, sintió que entraba en calor y se lavó las manos con el negro jabón en pasta. Por un ventanuco que conectaba el corral con la cocina, le llegó el olor de sopas con col y vio, sobre la mesa, un tazón de color terroso barnizado, con aceitunas negras escabechadas. Ángela le llamaba:

—¡Miquel, la cena está preparada, ven, date prisa que se enfría!

Poco después, la hija de la aparcera de Rosaflor, que estaba de criada en el predio, dijo que unos invitados de Palma comentaron en la mesa que muchos sábados

Ángela estaba en la Puerta de San Antonio. La habían visto en el Siete Puertas y en Can Xemel·lí, y comiendo unas chuletas en Can Meca, con un señorón ricacho que —según decían—, le regalaba medias de nailon, ropa interior de seda, perfumes caros franceses y jabones fragantes. En una palabra, todo lo que podía halagar su alma de lugareña. Era evidente, por tanto, que si daba el cacahuete, le daban la peseta.

—Luego —decían en el pueblo los enteradillos mal intencionados—, se la llevará al Hostal Perú o a la Pensión Baleares.

—Ésta en cuatro días se habrá tirado lo bueno y mejor de Palma. ¡Un desastre!

—Sí —llegó a manifestar el ecónomo, en privado—, un desastre y una vergüenza para su marido y para su hija. Porque el mal que uno hace, más pronto o más tarde, acaba por repercutir sobre los otros.

Desde entonces, los domingos en la iglesia, todos ponían unas orejas como cazuelas porque esperaban que de un momento a otro, con la inminencia que el asunto requería, iba a ser abordado y comentado exhaustivamente desde el púlpito. Las quinientas treinta y seis almas cándidas y sencillas de una aldea sin médico, sin farmacia, sin veterinario ni puesto de guardias civiles, sólo podían esperar de la iglesia el amago de explicación de unos hechos que nadie sabía interpretar. Y que por lo mismo preocupaban como una mala cosa. Porque los mosafaters estaban acostumbrados a una vida pequeña, hecha a la medida de las distancias y dimensiones del pueblo. Dejar atrás las Cuatro Esquinas o la Media Luna, mojones fronterizos de la aldea, era llegar más allá de Mosafat, es decir, al resto del mundo, un dominio siniestro y misterioso donde las reglas del juego nunca eran las mismas, y los lugareños llevarían siempre las de perder. En sus confines, sin embargo, que iban desde Son Romañet a Son Terrossa, y desde Ses Alqueries al pinar limítrofe de Ribelles, las cosas se mostraban claras, transparentes, y los colores del Llano —ocres, marrones y amarillos—, eran fiel expresión de su vida estoica y entregada al trabajo de una tierra dura y muy seca, de color rojizo, que afilaba la reja de la arada al labrarla. Tierra de *call vermell*, donde se deslomaban para conquistar un humilde derecho a vivir. Tierra de trabajar y contemplar cómo no da nada, exasperados en el banco de todas las impaciencias. Ángela Trecatrec rompía con todo aquello, había elegido no ser como los otros y, por lo mismo, les astillaba los esquemas.

Es preciso concretar que ni siquiera ella sabía demasiado cómo empezó todo aquello. Hacía algunos años, pero no demasiados, porque era ya una mujer madura. Al inicio de un otoño, con la vendimia, la sed de un jornalero se había grabado de manera salvaje en los sentidos de Ángela. Él se la comía con los ojos, en silencio, y durante la primera semana de trabajo de los vendimiadores ni siquiera se atrevió a dirigirle la palabra. Sólo cuando pasaban el botijo, si la tenía al lado, le ofrecía beber primero. Y la miraba. Al principio, Ángela no lo entendía: «¿Cómo puedo gustar a un jovencito que es casi un niño? Yo podría ser su madre». Pero las compañeras se burlaban y decían que aquel vendimiador sorbía los vientos por Ángela, que estaba por sus huesos. Un día, después de beber despacito, el joven se le acercó y le dijo en voz muy baja:

—Estás más buena tú que el agua.

Y se ruborizó enseguida, espantado ante el ardor de su atrevimiento. Aquella noche Ángela tardó en conciliar el sueño. Se agitaba en la cama, nerviosa y desvelada, como si los límites de la madera de olivo de su lecho fuesen insuficientes. Con la luz del alba, ante el espejo, se repasó con la mano el cuerpo desnudo: los pechos con el pezón erecto, la cintura, las caderas, los muslos. Miquel dormía tranquilo y poco a poco se alzaba el sol detrás de las persianas verdes. Ella contemplaba el amanecer en el fondo del espejo que, gradualmente, se llenaba de luz blanca y hacía más precisos los contornos de las cosas. Su mano corría arriba y abajo. Se detenía, morbosa, en la pelambre del triángulo negro del pubis y la acariciaba lentamente. Rizaba y desrizaba la poderosa mata de pelo sobre su vulva venturosa, y pensaba en el pinar junto a la viña, en el monte bajo espeso de follaje, en una cueva oculta. Su piel, tersa y oscura, conservaba todo el año la morenez que le confiere el sol de la tierra llana. Y aceptó con agrado la idea de saberse deseada, y entendió que era cierto que su cuerpo era aún deseable. El vendimiador, casi un adolescente, había obrado el milagro. La sed que demostraba aquel joven no podía saciarse con el agua del botijo y, al mismo tiempo, le desvelaba un real atractivo de hembra apasionada, más allá de las diferencias que marcaban la edad. El vendimiador con los rizos caídos entre sus dos cejas, gruesas, negras, y aquella mirada en los ojos asilvestrados, casi salvajes. Siempre mirándola en actitud tensa, con toda la apariencia de estar en disposición de saltar sobre ella igual que un gato acorralado. Hasta que reanudaba la faena, incansable, y en los descansos se mostraba amigo de todos, cantador. Ya la había puesto buena, aquel muchacho, sin ponerle siquiera un solo dedo encima.

Un mediodía, cuando se paró el trabajo en la viña y los vendimiadores y las vendimiadoras destaparon las fiambreras y los termos, Ángela cogió sus pitanzas y, apartándose de las mujeres de su pueblo, se adentró en el pinar minúsculo de una colina contigua. Y el muchacho moreno, dejando a sus espaldas las sonrisas socarronas y las befas cazurras de los suyos, se perdió también entre los matorrales por un camino radial que convergía hacia el centro de la espesura. Al reanudar la faena, cuando ya todos iban cansados y molestos, porque la vendimia se hacía larga en aquella viña enorme y el trabajo agotador daba poca alegría, ellos dos trabajaban ligeros entre las cepas y cortaban racimos gigantescos. Sonreían a todos y canturreaban, con un brote de mata en los labios y el paladar impregnado del sabor de las hierbas aromáticas. Aquella tarde una campesina muy joven lloró porque se había lastimado la nariz con el hocino. De regreso, en el carro de las aportaderas, Ángela iba con el delantal lleno de granadas abiertas, ristras de zarzamoras, murtones y azufaifas. Todo lo depositó, compuesto, sobre la mesa de la cocina, y encendió los fogones con un leño de algarrobo. Puso las persianas de rejilla en las ventanas abiertas y, con el fuelle del insecticida, apagó el rumor suave del vuelo de los mosquitos. Cuando llegó Margalideta todo estaba ordenado y era bello.

Pronto el pueblo entero conocía al detalle la historia de Ángela y el jornalero, en la colina con pinos cercana a la viña. En sus tambores, las bordadoras trabajaban los relieves de las florecillas con los colores de la maledicencia, el chismorreo y el batiburrillo. Y en el café, las carambolas de billar se llamaban Ángela, Ángela María, polvo salvaje entre los matorrales, siesta en el pinar, la colina del infierno. Unos contaban lo que habían visto; otros, lo que habían escuchado; los de más allá, detalles que habían espiado reptando entre los matorrales o emboscados en la copa de un pino distante, desde donde vieron unos cuerpos agitados, unos pechos desnudos, unas faldas en alto bajo una bragueta desabrochada. Y sobre todo, escucharon el jadear sonoro y rotundo de Ángela que le decía:

—Anda, pajarito mío, corre y no pares, mastuerzo, tus huevos son calabazas, ¿no era eso lo que querías? Pues ahora ya lo tienes, así, así, más, más, esto es mi macho, me matas, me has reventado…

Pero eran muchos los que callaban prudentemente porque les aguijoneaba el recuerdo de años anteriores. Un grupo de mosafateras había ido a coger aceitunas a otro pueblo alejado de la comarca, y nueve meses después habían nacido criaturas. Igual que calvos al hablar de peines, preferían que pasara pronto la ventolera y entrara en el olvido el antojo caprichoso de Ángela en la viña de Can Montis.

En el corral de la escuela, a la hora del recreo, la maestra se encontró con la novedad de un conflicto con sus niñas. De buenas a primeras, y sin venir a cuento, resultó que las hijas de las mujeres más decentes del pueblo se negaban a compartir sus juegos con Margalideta, que se marchitaba por los rincones como una flor silvestre y humillada. Si se acercaba al corro de las bolas o de las peonzas, las otras le hacían el vacío y le daban la espalda. De repente, la hija del barbero, que también ejercía de zapatero remendón, junto con su prima, se pusieron a insultarla y a decirle que era tan puta ella como su madre. Y las otras las secundaban con cuchicheos infamantes:

—Si va con hombres, la madre le dirá «bien hecho, Margalideta». ¿Qué otra cosa podría decirle?

Entonces fue cuando el sobrino de la maestra intervino a favor de la florecilla vituperada, y mientras repartía bofetadas a diestro y siniestro gritaba indignado:

—¡Las putas sois vosotras y vuestras madres, que os han enseñado estos modales!

Y las niñas, espantadas, no entendían nada.

—¿Ahora que le pasa, a éste, qué mosca le ha picado? Aquí repartiendo castañas y nadie se metía con él.

La maestra, para poner paz, no tuvo más remedio que mandar al niño al piso de arriba, castigado todo el día sin salir de casa, a estudiar piano. Aquella tarde Margalideta faltó a clase y, después del toque de Ave María, la maestra reprendió severamente al sobrino. Le quería como al hijo que no había tenido y le hacía depositario de su maternidad frustrada. Desde muy joven, ella servía fielmente su vocación de maestra rural y con el tiempo se había convertido en una solterona. Tenía la convicción de que su estado era una situación elegida, porque prefirió no casarse, en su momento. Tuvo distintos pretendientes, en su juventud, cuando iniciaba la carrera profesional y cada día hacía el trayecto de Palma a Mosafat en un cochecito Citroën. Dio mucho que hablar, en la aldea, aquel coche. Una mujer al volante antes de la guerra, a los ojos de los mosafaters, era algo procedente de otro mundo, de una esfera distinta y muy alejada. Después pasaron los años, vendió el cochecito que era ya pura chatarra y decidió quedarse a vivir toda la semana en Mosafat. Los sábados por la mañana bajaba a Palma con el camión de la exclusiva y los domingos al anochecer regresaba al pueblo con el mismo vehículo. Por cajones olvidados, entre botellas de colonia de antes de la guerra y jabones aromáticos, guardaba aún las cartas de un hombre al que había amado. Pero no pudo ser.

Aquel amor había surgido durante sus años de estudio en la Escuela Normal del Magisterio. Tuvo la suerte de recibir lecciones impartidas por un profesorado de altura, situado en distintos puntos del abanico abierto republicano. Escuchó con atención los planteamientos liberales de Gabriel Viñas y José María Eyaralar, a partir de los cuales elaboró la convicción de que la problemática de España era de raíz eminentemente cultural y sólo podía resolverse desde abajo, con escuelas en los pueblos y en las aldeas. Por otra parte, doña Marina Fernández, la profesora de música, le inculcó una gran afición por el piano y el canto, y bajo su influencia cursó en el conservatorio los estudios superiores de piano. Del edificio de la Normal, que formaba conjunto arquitectónico con una pequeña ciudad docente, frente a las avenidas, salieron profesionales con ideas de renovación pedagógica que decidieron implicar su vida entera en la labor educativa de las gentes del campo y de la ciudad. Su anhelo era ayudarles a poner en contacto la vida con la cultura, desasnar a un pueblo víctima de opresiones y dominaciones. Y allí, bajo los pórticos de los corredores, con balaustradas en los balcones entre arcos de medio punto, debía aparecer un hombre. El único hombre que pudo haber representado algo en su vida. Una historia que no pudo ser.

La llegada de la República conmovió la vida académica y todo era una extraña agitación cargada de ilusiones, de esperanzas, de temores, de expectativas. Enric, alumno aventajado en pedagogía y en filosofía, se ganó un liderazgo indiscutido ante sus compañeros en las asambleas. Manifestaba en voz alta la necesidad largamente demorada de una enseñanza laica, sin influencias clasistas ni caciquiles, libre de pensamiento y, si convenía, agnóstica.

—Que nuestros hijos no crezcan con imágenes del Cristo ni de la virgen María en las escuelas. Ni del rey, ni de cualquier otro *condottiero*. Pero que haya escuelas. Que haya muchas escuelas y buenos maestros y buenos libros de texto. Edificios de nueva planta construidos a la medida de las necesidades de nuestros pueblos, entre naranjos y limoneros, buganvillas y mimosas, donde aquellas almas de piedra dura y de piedra pómez lleguen a convertirse en hiedra que asciende por la difícil y empinada cuesta del saber, hasta alcanzar las cimas más altas.

Aquellas palabras pusieron punto final a una relación que avanzaba por buen camino bajo los auspicios alentadores de una vocación paralela que, como los raíles del tren, llegan al mismo lugar pero nunca se juntan. Lo recordó intensamente, ella, la maestra, cuando no tuvo más remedio que pasar por el humillante calvario de la depuración, bajo el epíteto despectivo de maestra laica. Y todo porque se había mantenido fiel a una profesión iniciada bajo un gobierno legalmente constituido, que no elaboró una Ley Azaña para los maestros de escuela, a pesar de tener a un maestro, Marcelino Domingo, al frente del Ministerio de Instrucción Pública del Gobierno Provisional. Durante aquel tiempo se hizo visible sobre la isla cómo fructificaba la buena semilla de un nuevo estilo. Ahí estaban, con toda la fuerza de la evidencia, las escuelas proyectadas y edificadas por Guillem Forteza en distintos puntos del interior y el litoral de la isla, y también de la capital. Y sobre todo recordó todo aquello, la Maestra, cuando el crucifijo volvió a entrar triunfalmente en la escuela. Mediante un oficio, la inspección provincial le ordenaba que se pusiera en contacto con el alcalde y el ecónomo para convertir el retorno del crucifijo en un acto solemne, con parlamentos y toda la retórica. Mientras reflexionaba ante las cuartillas blancas recordó a Enric, miró su foto, volvió a leer las cartas. Enric, que se pasó los tres años de guerra en Can Mir, con don José María Eyaralar, y que se había salvado de la pena capital por el canto de un duro. La maestra tenía muy presente que mañana todo Mosafat llenaría la escuela, minúscula, insuficiente, y toda la calle de la Estrella. El gentío llegó hasta la plaza de la Virgen y ella, de pie entre el alcalde y el ecónomo, bajo el oído atento de los señores de Rosaflor y ante la expectación de todos, grandes y pequeños, glosó el retorno de Cristo a la escuela como símbolo del retorno de España a sus verdades esenciales.

—¿Cómo podíamos, los hijos, vivir de espaldas al padre? ¿Cómo podíamos trabajar en pro de una sociedad culta sin Dios, que es la suprema sabiduría? ¿Cómo podíamos levantar, nosotros, los maestros y profesores, los pedagogos, las vidas más humildes hasta la aceptación estoica de su propio destino, lejos de la redención de Cristo, que murió en la cruz para darnos la lección de suma humildad?...

Finalizó su discurso con vivas a Cristo Rey, a España y a Franco. Y el pueblo, como siempre, respiró el mismo aire.

Ahora el asunto de Ángela y Margalideta había removido los posos de un pasado lejano que tal vez resultaba doloroso recordar. Porque la maestra había encontrado refugio y consuelo en la religión y en el buen humor distanciado, que aleja los problemas insolubles. Miraba pasar la vida igual que miraba pasar las maravillosas nubes por el cielo azul. Vivía arraigada en una conformidad cristiana aprendida en Teresa de Ávila, y ante los contratiempos de la vida reflexionaba serena. Si la cosa tenía remedio, ¿por qué afligirse? Y si no lo tenía, ¿por qué afligirse? Dios hablaba en la cocina, entre las ollas y los pucheros. La niña de sus ojos era el ahijado. Depositaba en él su maternidad frustrada hasta convertirle en el hijo que no había tenido. Y en el fondo se sentía alegre al observar en él aquella generosidad que le hacía salir en defensa de los débiles y de los desvalidos. Ella siempre había admirado el coraje desinteresado, pero le faltó valor para seguir con fidelidad los dictados de su corazón. Por este motivo no llegó a unirse en matrimonio con un hombre que entendía la vida de forma semejante. El único hombre al que había amado de verdad. Pero el eterno problema de la maestra en Mosafat eran las Monjas Azules, sus rivales en el limitado espacio de la educación. Cuando llegó al pueblo, hacía muy poco tiempo que se había creado la escuela unitaria de niñas. La de niños, hacía más años que existía. Mientras tanto, las monjas franciscanas llenaron un vacío que los distintos gobiernos no habían sabido resolver. Arraigadas en el mundo rural de Mallorca, de familias campesinas la mayoría, eran elementos imprescindibles para poner una inyección, curar una herida, cuidar de un enfermo. Y tenían escuela, es decir, tienda abierta. No porque sacasen un beneficio material, sino porque, en sus manos, la enseñanza era una manera más de implantar la presencia de la Orden de San Francisco y Santa Clara de Asís en los pueblos. Con un estilo tan pronto sutil como autoritario de imponer su pedagogía de sello integrista, muy conservadora. Aun siendo mujer de misa y comunión diaria, la maestra pensaba que los asuntos de Dios tenían su lugar en las iglesias y en los conventos, pero la enseñanza era un trabajo especializado que exigía dedicación plena y conocimientos técnicos. No le gustaba que en el quehacer al cual había dedicado toda su vida tuvieran entrada la chapuza y el intrusismo.

El revuelo que se había armado alrededor de Margalideta le planteaba un serio dilema. Veía llegado el momento de enfrentarse a la tosca grosería de los palurdos, o bien ceder a la presión ambiental y darles la razón en su vieja costumbre de propalar mala fama, infundios y calumnias. Porque de tal palo tal astilla, y estaba claro que la conducta de las niñas sólo era un reflejo de lo que habían oído hablar a sus padres en las casas. Toniet, el ahijado, le confesó que el motivo de su indignación fue ver cómo todas querían ofender a una víctima hablándole de la madre. Los niños de Can Cunill y los hijos del Peón Caminero se mantuvieron al margen sonriendo, una actitud que acabó de colmar su paciencia porque entre las insultadoras se hallaban sus hermanas.

—Era como cuando en la escuela de Palma los hermanos mayores de los que estaban conmigo en el parvulario me decían chueta y judío y macabeo, y todos se reían. Y había uno que su madre estaba en los cafés y fumaba, y a éste le llamaban hijo de puta.

La maestra sabía que este problema había afectado mucho a Toniet. Era la causa de su escaso aprovechamiento en los estudios. Y durante el curso que pasó con ella en Mosafat, los resultados habían sido notables o excelentes en letra, en cuentas y en música. Al mismo tiempo, consideraba que si daba el paso de enfrentarse abiertamente a las niñas, debería también hacer frente a sus madres. Cualquier controversia derivada de aquella situación tan polémica podía ocasionar un transvase de sus alumnas hacia el convento de las monjas. Después de luchar tanto, a brazo partido, por aquella escuela. Cuando llegó tenía solamente dos discípulas y ahora eran ya más de doce. Con actitud abierta, consiguió que en los pupitres se sentaran niños y niñas. Había tenido la satisfacción de ver fructificar la semilla esparcida. Tenía antiguas alumnas que, con el certificado de estudios primario enmarcado y colgado en la pared, trabajaban y se habían casado. Y una de ellas, Teresa, la predilecta, había llegado hasta la Normal, quizás se licenciaría en pedagogía y llegaría a inspectora. Si ahora la maestra hablaba con claridad y censuraba tanta hipocresía chismosa, en el pueblo se crearía un ambiente hostil. ¿Y qué pensaría de ello la Inspección Provincial? ¿Cómo resolver el problema sin herir susceptibilidades ni empujar la puerta abierta de la brutalidad vesánica, en una aldea que demasiado hacía al sobrevivir?

La maestra mandó llamar a Ángela Trecatrec. Hacía mucho tiempo que las mujeres más virtuosas del pueblo le pedían intervenir. Decían que si alguien con autoridad la sermoneaba con rigor, tal vez conseguiría enmendar su conducta errada.

—No escucha a nadie, señora maestra, y el camino que ha tomado puede llevarla a un mal final.

Mientras tanto, decían, el yegüero de Son Fenàs se presentó una mañana en la casa del camino del Torrente y la encontró sola. La miró con unos ojos llenos de deseo y, sin decir palabra, atrancó la puerta con la barra de hierro. Más tarde —el sol estaba ya muy alto—, salió saltando la pared del corral y se perdió entre hojas de chumbera. Y muchos días se había repetido la historia. Después, Ángela salía a dar salvado a las gallinas.

—Pitas, pitas, pitas, pitas —exclamaba ante el averío—, buenas estáis, vosotras, que los gallos os montan sin encomendarse a Dios ni al Diablo. Y las cabras, y las gorrinas, que no temen a los hombres ni al infierno.

Llegó Margalideta y salvó a un polluelo de los picotazos de sus hermanitos, que no le dejaban vivir.

—Ha dicho la maestra que vayáis a verla cuando tengáis un rato para hablar.

Ángela se llevó un susto de muerte. Sin duda presentía la tormenta.

—¿Tal vez ha sucedido alguna cosa, niña?

Margalideta hablaba con el polluelo y parecía no escucharla.

—Ven conmigo, pequeñito; si yo te protejo en mi falda los otros no te harán daño. Aquí no te picarán.

Y besaba al polluelo y le acariciaba. Ángela acabó de echar el salvado con cuatro manotazos nerviosos y gritó exaltada:

—¡Que si ha sucedido algo, he dicho! ¿O no me escucha, ésa?

—No, nada, sólo ha dicho que vayáis a su casa. Os espera al toque de avemaría.

Margalideta subió con el polluelo a su habitación y lo depositó en la cama, pensando que por la noche los otros podían matarle a picotazos.

La maestra abrió la puerta y entró con Ángela en el comedor. Procuró dar al encuentro un aire de intimidad y la tranquilizó: todo lo que iban a hablar quedaría entre ellas dos. Se sentaron, la maestra en una mecedora de lona desvencijada y Ángela en una otomana tapizada de cuadros blancos y azules. Entraba una luz frutal por las ventanas que daban a la calle y se oía el trajinar de los carreteros en los portales de puertas grises frente al horno. En el recibidor, detrás de una cortina espesa, Toniet tocaba al piano una melodía pegadiza y cantaba una canción:

Blancanieves que era linda
y de dulce corazón
habitaba en un palacio
del país de la ilusión.

Presidía un cesto con frutas sobre la mesa. Y, junto a la radio, un ramo de lirios de agua, y lilas, y rosas rojas. Los muebles eran de un color verde hierba tierna. La casa olía a limpio. Había libros forrados con papel de seda y cantoneras de cartulina, con puntos de lectura, sobre una mesita isabelina cubierta de mármol. Tras la puerta con rejilla metálica, al fondo, se veía un pequeño terrado que daba a la cisterna del piso de abajo, en el jardín de la escuela. Sobre la polea y el brocal cantaban estorninos, vencejos, ruiseñores. Un periquito azul, en una jaula alta, les contestaba.

Ellas dos hablaban en voz baja. Ángela se confesó llorando ante la maestra. Entre sollozos decía que a veces era como si llevase el diablo en el cuerpo. Cuando hacía estas cosas, ni ella misma sabía lo que le pasaba. Y después gemía, lloraba, se sentía sucia. Sufrió mucho por causa de las murmuraciones, pensando en la pérdida del buen concepto, del buen nombre, la vergüenza del marido y de la hija. Hacía mucho tiempo que no entraba en la iglesia de San Cristóbal, y era porque no se atrevía a cruzar el portal bajo la severa mirada de las mujeres que la verían en la plaza, subir las escaleras, empujar la puerta, tomar agua bendita y santiguarse.

—Sin embargo, una vez, señora maestra, yo quería ir a un cine de Palma, ya digo, el Moderno de la plaza de Santa Eulalia, y llegué tarde por culpa de la exclusiva. Estuve paseando toda la tarde por las calles del barrio antiguo y entré en un claustro muy grande y muy bonito junto a la iglesia de San Francisco. Era fresco y agradable, aquel lugar, y me dio una gran paz interior. El sol entraba hasta los arcos y los artesonados y llenaba de luz el jardín con un ciprés y una palmera alta. De repente me encontré delante de una puerta que daba a la iglesia. Me puse un pañuelo sobre la cabeza, entré, me acerqué a un confesionario y allí confesé todos mis pecados…

Aprovechando aquel dolor de atrición, la maestra la animó a volver de nuevo al buen camino.

—Demasiado cine, Ángela, demasiado cine. El cine sólo sirve para meterte ideas raras en la cabeza. Preocúpate de tu casa y de tu hija, no sea cosa que un día la pierdas tras los devaneos tan ligeros de cascos. Y ahora me supongo que tú misma ya lo ves: una buena confesión, un buen propósito y una enmienda que la vea todo el mundo. Después todo irá bien. La gente pierde la memoria de las cosas y muy pronto nadie se acordará de nada.

Atraído por la fama
de su inmácula bondad
llegó un príncipe guerrero
de remota y gran ciudad.

Ángela salió del encuentro con la maestra confortada, con la intención de empezar una nueva vida. Antes de volver a su casa cruzó el pueblo entero, ante las miradas de las bordadoras que, con la última luz, trabajaban en medio de la calle. Aún volaban bajos los vencejos y deslizaban su sombra por las fachadas antes del anochecer. Sabía muchas cosas, ella, de aquel pueblo. No hay como haber estado con hombres para conocer al detalle lo que hacen las mujeres. Incluso las cosas más inconfesables. Y había una certeza muy arraigada en el pensamiento de Ángela: que unas tienen la fama y otras cardan la lana. El pueblo parecía ignorar todo lo que pudiese representar un problema. El pueblo hacía como quien no se da cuenta de las situaciones conflictivas. Y cuando era necesario, buscaba un chivo expiatorio. Un buco capaz de cargar con las culpas de todos. Siempre hacía falta alguien que pagara, y pagaba el más tonto, el más débil, el más convicto. En definitiva, pagaban siempre aquellos que no tenían coartada ni escapatoria. A veces incluso, si convenía, pagaban justos por pecadores. La cuestión era que pagara alguien. Siempre alguien. Así estaba escrito y era conveniente y necesario, es decir, inevitable.

A la mañana siguiente Margalideta encontró muerto al polluelo en su cama. Mientras dormía lo había asfixiado sin darse cuenta. Había creído que sus hermanitos iban a matarle a picotazos, porque no le dejaban vivir. Por ello se lo había llevado con ella, para protegerle. Y el remedio había sido peor que la enfermedad. Tuvo un gran disgusto, Margalideta. Lo amortajó con unas hojas de higuera que sacó de una caja de higos secos y escondió aquel cadáver debajo del colchón. Cuando sus padres hubieron salido para ir al trabajo, tomó entre sus manos el polluelo y le excavó, con ayuda del azadón, una tumba al pie de la ruda olorosa del corral. Arrodillada, le rezó un padrenuestro, un avemaría y un gloriapatri. Con dos ramitas y un hilo de empalomar, dejó clavada una rudimentaria crucecita. Y le encomendó a la Virgen de Fátima, que muy pronto llegaría a Mosafat en peregrinación.

—Señora y madre mía, vos que os aparecisteis a los pastorcitos de Cova de Iria Lucía, Francisco y Jacinta, haced que los pollitos fuertes nunca piquen a los débiles, por la Sangre Preciosa de vuestro santo hijo Jesús. Amén.

Y mientras caminaba hacia la escuela lloró por el pollito, por su madre, por su padre y por ella misma, que se veía cada vez más desamparada.

Después, durante la media hora de recreo, se entristeció con la duda de si habría sido ella la causante de la muerte del polluelo, por su afán de protegerle. Creía entender que en Mosafat, y en todos los pueblos y aldeas de Mallorca, siempre habían nacido pollitos martirizados por sus hermanos que no les dejan medrar. Y no todos mueren. No, a veces llegan a ser gallos con la cresta erecta que montan todas las gallinas del corral y pisan con graciosa elegancia displicente. Todas las mañanas anuncian la salida del sol con un quiquiriquí valiente, que suena dialogando con todos los gallos de la aurora. Alguno ha llegado hasta las galleras, donde se ha hecho el amo. O ha derrotado a algún pavo real presuntuoso y le ha dejado sin plumas. Podría ser, ¿por qué no?, que el pollito hubiese sobrevivido a la agresión de los otros. Esto habría querido decir que era más fuerte, más resistente que todos. Cuando el primo Guillem salió del seminario y la madre tuvo un gran disgusto porque ya no sería sacerdote, su hijo decía que había aprendido, en el Gimnasio Balear de Palma, una modalidad de lucha que era solamente defensiva.

—Cuando has recibido muchas castañas, Margalideta, ya una más o menos deja de tener importancia. El que pega es quien debe andarse con cuidado, porque toda la violencia que desarrolla puede, al final, volverse contra él y caerle encima. Mientras luchas por alguna cosa, los golpes que recibes no duelen. Después, en un momento dado, la tortilla se vuelve y el pegador es quien va de bruces al suelo. Y cuantas más cosas hace para persistir en su empeño, más se le complica la vida. Esta lucha de la que te hablo no está pensada para hacer daño, es una lucha para defenderse.

Las palabras de Guillem corrieron de boca en boca por el pueblo y todos decían que había vuelto a Mosafat con unas ínfulas muy ciudadanas y que ahora pretendía ser distinto a los demás. Ínfulas de chulo castizo y rebotado —decían los muchachotes riendo, junto al cilindro inclinado de la romana de pesar cerdos—, que cualquiera, con un soplo, se las podía echar al suelo y pisotearlas.

—¿De qué quiere presumir, éste? ¿Cómo no ve que hará el ridículo? Sin salirnos del pueblo, hay más de media docena que se lo llevan de calle en una pelea.

Una noche se pusieron todos de acuerdo para provocarle cuando pasara por la plaza con la botella de vino clarete que iba a comprar por encargo de su madre. El primer día, al pasar, le dedicaron una copla cargada de picardía:

Te dice la muchachada
vete a mear y a dormir,
que en cuanto agarre una tranca
mucho lo vas a sentir.

Él se detuvo un momento y les miró sin miedo. Eran cinco, y todos algunos años mayores.

—¡No cantará misa nueva, el frailecito! —exclamó uno.

—¡No lo hará! —corearon los otros.

Guillem continuó su camino sin darles mayor importancia. Pero a la mañana siguiente volvieron a las andadas, con la copla y las ofensas. Y al tercer día le rodearon de tal manera que le impedían avanzar.

—Dicen que hablas mucho, tú, de técnicas de lucha. El verano pasado, éste y yo hemos ido a la Plaza de Toros de Palma, y algo hemos aprendido con los hermanos Jim y Tony Oliver, de Montuïri.

Era Joan Cassola el que hablaba, y todos le consideraban el más forzudo del pueblo. Los jóvenes de Mosafat le respetaban y le temían. Para ganar una apuesta arrastró con sus brazos un carro lleno de algarrobas desde más arriba de Rosaflor hasta unos establos de Ses Alqueries.

—¡Como los mulos! —exclamó el alcalde cojo al tener conocimiento de su hazaña como bestia de carga.

Sí, la verdad es que todos decían que tenía la fuerza de un mulo. Su bofetada era peor que la coz de un animal herrado.

—Joan, déjame pasar que yo no quiero peleas —dijo Guillem, intentando abrir el círculo que los otros formaban.

De repente, Tomeu de la Quintana, el que había ido a la Plaza de Toros con Joan Cassola, de un manotazo le arrancó la botella de las manos.

—Ya puedes irte, ya. Pero el vino se queda con nosotros. Esta noche nos lo beberemos a tu salud.

Los cinco zascandiles abrieron el cerco y volvieron al palo de la romana. Guillem se les acercó.

—¿Qué puedo hacer para que me devolváis el vino?

Joan dio un paso hacia él y dándose una palmada en el pecho le dijo:

—Luchar conmigo y derribarme. ¿Te parece bien?

Guillem asintió con un movimiento de la cabeza. Y empezaron.

Atacó primero el provocador, con golpes de boxeo que el otro paraba o esquivaba con reflejos perfectos. No pegaba, Guillem, ni se agitaba demasiado. Se limitaba a hurtar el cuerpo cuando algún directo le buscaba la cara y a desviar con el antebrazo algunas bofetadas que, realmente, podían ser peores que la patada de un mulo. Al cabo de unos pocos minutos el cansancio apareció en el rostro de Joan, que resoplaba y tenía el rostro sudoroso y encendido. Pronto empezaron a caer abundantes gotas de su frente y le empañaban los ojos. La lucha le enfurecía, porque nunca sus golpes daban alcance al cuerpo del otro. Cuando intentaba llegar al cuerpo a cuerpo, Guillem se escurría de sus manos igual que una anguila. Excitado por los gritos de los otros cuatro que le animaban, Joan se lanzó a un ataque a fondo en toda regla. Guillem vio cómo en un instante le caía encima un alud de golpes que buscaban su rostro de manera insistente y frenética. Él se cubría, saltaba constantemente y daba hacia atrás algunos pasos. Después empezó a moverse con una especie de baile, dando dos pasos de lado, saltando, y cubriéndose de nuevo el rostro. Mientras tanto Joan lanzaba unos puñetazos muy potentes en serie, que tocaban a Guillem en los brazos, en las muñecas, en los hombros y en los costados. Pero no le alcanzaba con los primeros golpes, contundentes y poderosos, sino con los finales de una serie continuada, que llegaban ya con poca fuerza. En un momento dado, al verse arrinconado contra la pared, Guillem se agachó y el puño enorme de Joan golpeó con toda su fuerza contra la piedra. La mueca del rostro expresaba que su mano derecha estaba lastimada y dolorida. La otra mano intentaba aliviarla. Entonces, aprovechando la guardia baja del otro, Guillem pegó por primera vez y le tocó en la boca del estómago con la punta de los dedos. Joan sintió el golpe como un navajazo. Se dobló, apretándose el estómago con las dos manos, como si fueran a salirle los intestinos. Pero aquellos cuatro no se daban por conformados.

—¡Ánimo, Joan, continúa!

—¡Ese mamón te está zurrando la badana!

—¡Pero tú eres más fuerte, cojones!

Joan quiso sacar fuerzas de donde ya no las había y atacó con la guardia abierta. Buscaba la cara de Guillem con furia, cegado por la rabia y la humillación. Los ojos le brillaban llenos de odio y coraje. Fue cuando Guillem, agachado y con las dos manos aferradas a los tobillos del otro, aprovechando la fuerza de la embestida, le levantó dos palmos en el aire y le hizo caer de culo. Aquello no había durado más de cinco minutos: un asalto de lucha libre. Los mozos, boquiabiertos, le entregaron la botella de vino y vieron cómo Guillem se perdía, con pasos tranquilos, camino de su casa entre las sombras.

Pensando en su primo, Margalideta se sentía más fuerte y se veía con ánimos para soportar la muerte del pollito y todos los males que la vida conlleva. Habría soluciones para el dolor, habría salidas. Tal vez como cuando soñó que los señores de Rosaflor iban a buscarla con su coche y se la llevaban a viajar fuera de Mallorca. Y cuando regresaba a la isla, era para vivir en el viejo caserón, lejos del Torrente de Mosafat y de los mosquitos que siempre zumbaban dentro y fuera de la casa.

La confesión de Ángela levantó polvareda. En Mosafat fue un acontecimiento, motivó una inmensa nube de comentarios. Decían que había entrado en la iglesia con sus andares decididos, moviendo las caderas y los bajos de una falda rojo encendido que le haldeaba por encima de las rodillas. Caminaba deprisa, con las piernas desnudas y desvergonzadas y la cabeza cubierta con un pañuelo blanco de bolsillo que sostenía con la mano para que no se le cayera en su avanzar precipitado. Era sábado y se puso a la cola de mujeres que esperaban para confesarse frente al reclinatorio, en la ventanilla enrejada. Tal y como ella quería, el ministro sacramental era un joven sacerdote de otro pueblo que iba una vez a la semana a

Mosafat, para ayudar el ecónomo en la confesión. Así Ángela pudo sentirse más tranquila y habló sin limitaciones, sin respetos humanos ni fronteras. Tres cuartos de hora estuvo, cuchicheando sus pecados y Dios sabe qué. Mientras tanto, en la otra parte del confesionario, donde aguardaban algunos hombres, la cortinita morada apenas tamizaba gestos de agitación nerviosa y exclamaciones de asombro. Del confesionario salían palabras sueltas, inconexas, procedentes del sermón o de la reprimenda del joven campesino con sotana que, después de absolver a Ángela, entró precipitadamente en la sacristía para beber un vaso de agua. Las beatas, una tras otra, empezaron a marcharse impacientadas por la espera, dejando para otro día el relato de las propias culpas. Y Ángela, con los brazos en cruz y arrodillada, pasaba una parte de rosario en la capilla de San Sebastián.

Al día siguiente, domingo, comulgó en misa primera y, con cilicios apretados en cada muslo, que parecía chafar huevos al caminar, marchó a pie hasta Ribelles a encender un cirio a la Venerable. Mientras volvía a Mosafat por el camino que bordeaba los trigales de la señora de Can Sabater, Ángela murmuraba oraciones y propósitos de enmienda. Avanzaba muy lentamente, dando pasitos cortos porque sus dos muslos sangraban. Así, entre el sentimiento de nostalgia por el bien perdido de los placeres concretos y el dolor de atrición, aquel arañazo del alambre sobre sus carnes prietas cerca de las zonas por donde más había pecado, le llenaba el rostro de lágrimas. Mientras subía la empinada cuesta que va del puente hasta la iglesia, todo el pueblo la contemplaba por primera vez en actitud compungida, y su llanto movía a la piedad. Con gesto humilde, Ángela saludaba a las mujeres que se cruzaban con ella por el camino y a veces, nadie sabe por qué, se acercaba a alguna que estaba en el portal de su casa a pedirle perdón si la había ofendido en alguna cosa.

—Que Dios Nuestro Señor nos perdone a todos —respondían las madonas, y de inmediato sus rostros se encendían, rojos como tomates.

En breves minutos el suceso corrió como el viento por la aldea, de boca en boca y en todas las direcciones.

—¡Ángela se ha confesado!

Y fue noticia durante algunas semanas. Después, lentamente, las aguas volvieron a su cauce. Se acercaba el buen tiempo y el Torrente se convirtió en un chorro silencioso, imperceptible. Las moscas salieron de los huevos y se multiplicaron.

El estío en el Llano fue un agobio sofocante. Los rastrojales ardían bajo los pies descalzos de los campesinos. El sol requemaba la hierba y chamuscaba el culo de las liebres. Muchas mañanas, con el fresquito de primera hora, Ángela marchaba en bicicleta hasta el estanque de Son Cugula y se sumergía desnuda en el agua y nadaba hasta que el sol estaba alto. Después ponía bajo los rayos deslumbrantes sus carnes apretadas, hasta que no podía más de calor y pasaba a la sombra. Entonces se friccionaba el cuerpo con una crema blanca que sacaba de un pote de hojalata azul y plano. Se miraba en el espejo del agua y veía cómo engordaba en los muslos y en las nalgas. Su silueta, alta y esbelta, de figura algo llena en el busto, las caderas anchas pero con cintura marcada, empezaba a estropearse día tras día de manera alarmante. Siempre había tenido los muslos poderosos y duros, cualidades preciadas por la mano callosa y pesada de sus hombres. Ahora la entristecía ver que empezaban a ajarse en estrías, como el papel de estraza en el cual envolvía su merienda de pan con aceite, tomate y ajo, aceitunas verdes de sabor amargo, alcaparras y pepinos a la vinagreta. Se miraba una y otra vez en el espejo sombrío del ropero de su habitación que, en la penumbra, le retornaba más precisa la imagen que guardaba de sí misma. Entre las sombras casi desaparecían las primeras canas amarillentas veteando de plata sucia las sienes de aquella cabellera negra, larga y frondosa que, al soltarse, le llegaba hasta más allá del final de la espalda. Y cuando se contemplaba en las aguas del estanque, rizadas por el viento, su cuerpo aparecía estremecido, insatisfecho y maduro como una breva picada de estornino. Demasiado sabía ella que se encontraba en disposición perfecta, a punto de caramelo. Pero por las noches el marido regresaba de mal humor, vencido, reventado de cavar hoyos o de levantar muros de ribazo. Cuando no se dormía enseguida, la montaba unos breves momentos, como los gallos. Y ella sentía que el verano y la continencia la estaban dejando tan seca como los limones exprimidos que veía sobre la mesa después de prepararse un refresco espumeante con magnesia. Ya sólo hallaba consuelo en el agua fría. El estanque de Son Cugula era la solución porque, con el sudor de la canícula, los cilicios le dejaban la carne tumefacta y Ángela llegó a pensar que las heridas podrían infectarse. Mucha gente había muerto de un rasguño con el clavo herrumbroso de un establo o de una herida en la rodilla después de caerse sobre unas boñigas de caballo. Ella siempre había visto cosas así, en Mosafat. Pasaban los días y cuando estallaba el golpe de alta fiebre, las lenguas de los enfermos se hinchaban hasta la asfixia. Mandaban a buscar al curandero de Ses Alqueries o al médico de Sant Jeroni y siempre llegaban tarde. Cuando no había ya nada que hacer. Tétanos. La palabra murmurada en voz baja, casi inaudible, se blandía igual que una amenaza sobre la aldea y el sudado trabajo de los hombres. Con el abono de un estercolero, el vaciado de una pocilga, un corte con las herramientas de labranza, cualquier herida podía envenenarse y arrancar de cuajo belleza, juventud, árboles lozanos. Y de nada servía predicar la asepsia del alcohol, el agua oxigenada y la tintura de yodo. Por un rasguño sin importancia, el mozo, el hombre hecho, la jornalera o la gobernanta, no correrían a buscar los desinfectantes, ni tampoco pasarían por la picada de aguja de la vacuna en manos de una monja. Conscientes de un peligro que despreciaban, miraban cara a cara a su destino con un valor que tenía algo de heroico. O de salvaje, que es casi lo mismo.

Ángela, sin embargo, en su deambular erótico, había tenido tratos íntimos con farmacéuticos y veterinarios y, cuando era necesario, hacía correr el alcohol y la mercromina sobre las heridas. Sabía que es mejor no escatimar remedios, cuando la sangre mana. Más valía desinfectar a tiempo que no correr más tarde, sin resuello y con escasa esperanza. Hacía falta un poco de juicio en dos dedos de frente para que la vida llegara a ser larga y alegre. Y pensando de nuevo en la conveniencia de alegrar la vida, un buen día decidió que el cilicio había durado demasiado. Si se veía compelida a portarse bien, lo haría; pero, ¿por qué martirizar la piel y entristecerse el alma con aquellos alambres que podían transmitirle una infección? Desde que quitó hierro a su carne mortal se hicieron más frecuentes los prolongados goces de agua y sol en el estanque de Son Cugula. Los propietarios del predio, gente con título, eran de Calderroig, muy lejos, y vivían en Palma. Una buena mañana Ángela se encontró con la presencia, en la era de al lado, de una cuadrilla de campesinos armados con las herramientas de trilla y aventado. El aire de la sierra le traía olor de paja y canciones, trotar de mulas ligeras y el batir de los ruellos. Las mulas hacían girar continuamente el trillo de piedra dentada sobre el trigo maduro, con alboroto, y un hombre que desde el centro del círculo les sujetaba la brida y con un deje moruno:

Vamos, vamos, mi mulita,
haz andar el carretón,
haz la paja menudita
y en verano será mejor...

Los otros aventaban, separando la paja del grano. Venían de Bearn o tal vez de más lejos, de Montlleó o de Tofla. Y la era estaba invadida por un grupo de chiquillos que jugaba con las herramientas de trabajo. Se cogían con las manos al hierro paralelo al eje del trillo de piedra dentado y se dejaban arrastrar por la tracción de las mulas sobre la paja. Después, imitando el movimiento del ruello, volteaban sobre la era. Desde el centro del círculo, mientras los animales giraban al trote, el mozo que les tenía por la brida advertía una y otra vez a la muchachada con voz cansina, monótona:

—Tocad madera, chicos, tocad madera, que si tenéis una desgracia vais a ser mi ruina.

«¡Vaya un cuervo tontorrón, pájaro de mal agüero!», pensó Ángela, pero no se obsesionó con ello ni se movió de la sombra de la higuera, a un tiro de piedra de donde los otros trabajaban. Se oyó de nuevo la voz del mozo:

—Si alguno se hace daño, amigo paciencia, que la madre superiora tenía mucha y la zurraban. Como hay Dios que yo no correré para curar a nadie.

«Éste se los pisa y llegará a sulfurarme toda, con su cantinela. ¡Qué burro, qué zoquete! ¡Qué murga, madre mía, y qué pencas tiene el toca-cojones!». Ángela empezaba a sentirse desasosegada al escuchar la voz cazallera y carrasposa del toflín o bearnés. «Se trata de la piel de ellos, cojones, y no de la del culo gordo que, en medio de la era, se mueve como un canónigo», pensaba para sus adentros. Pero las voces de los niños pronto la hicieron sonreír con su griterío mientras los hombres, con los bieldos y las bielgas, en silencio, se deslomaban sobre la era aventando. Pensaba, Ángela, que las eras deberían servir para jugar en ellas, revolcarse y voltear sobre la paja, echar un polvete si se tercia o pasarse toda la noche dale que te pego, follando al fresco bajo rayos de luna. Demasiado trabajo, demasiado sudor, demasiado esfuerzo partiéndose los cuernos sobre aquella tierra dura. Y todo sólo para conquistar un triste malvivir, envejecer antes de tiempo y sentir joven aún encorvarse la espalda. Lentamente tomaba cuerpo en su pensamiento la idea de que aquello no podía ser. En modo alguno. Aquello no podía ir de ninguna manera, ni siquiera a empujones y por la fuerza.

En la casa no encontraba nada que pudiese darle gusto. Ni siquiera su hija. Aquel julio tórrido se le metió en las entrañas con un desasosiego que no la dejaba tranquila, ni dormida ni despierta, ni a sol ni a sombra. De noche soñaba con hombres y caballos blancos que la arrastraban sobre la era, atada de manos al rabo frondoso, completamente desnuda. Tenía ligero el sueño y a menudo se despertaba. Entonces se ponía a pensar en el cadáver que arrastraron desde muy lejos, durante la guerra, hasta dejarlo junto al puente, en la entrada de Mosafat. Iba al corral y sacaba agua de la cisterna. Bebía y bebía, directamente del pozal, medio sonámbula, y el agua no la saciaba. Una noche su marido se despertó al oírla hablar sola:

—Miquel, ámame; ámame, Miquel; Miquel, ámame…

Miquel se acercó a la ventana entreabierta y miró hacia el cielo. Una estrella se encendía y se apagaba sobre el castillo roquero de Montlleó. Mientras fumaba un cigarrillo, el titilar de la estrella le hizo olvidarse de todo por unos breves momentos. Después, la colilla encendida lanzada a la calle dibujó sobre la noche oscura una línea de rescoldo que se deshizo en roseta de chispas sobre las piedras. Cuando regresó a la cama, notó que la respiración de Ángela era más pausada y parecía tranquila.

Ella procuraba pasar en el estanque todas las horas de sol. Desnuda. Los hombres se acercaban a mirarla, de uno en uno, emboscados, y volvían a la era a contar a los demás lo que habían visto, con pelos, señales, pecas junto al pezón, dedos abajo, vulva adentro. Pasaron por el estanque desde adolescentes hasta hombres mayores, gente madura. Un día los trilladores mandaron a Tufero a espiarla. Era el tonto del pueblo y por San Cristóbal le vestían de demonio que asusta a los niños y a las jovencitas.

—Te daremos dos, de picadura, si nos cuentas lo que has visto sin que ella se dé cuenta.

Arrastrándose, Tufero llegó hasta la pared del estanque. Alzado a pulso se asomaba sobre la tapia, y allí estaba Ángela, en la otra parte, tendida encima de una toalla blanca sobre la hierba, a la sombra de una higuera. Los hombres podían ver a Tufero, desde la era, pero Ángela se protegía de las miradas indiscretas de los campesinos aprovechando una inclinación del terreno. Después, Tufero se descolgó por la delgada pared que daba sobre la higuera donde Ángela se resguardaba, a su sombra, de un sol de justicia. Y todos le perdieron de vista durante un buen rato. De repente vieron a Tufero corriendo delante de Ángela que, con el vestido del nacer y una rama flexible de almendro en la mano, le perseguía descalza sobre los rastrojos.

—¡Yo te arreglaré, marrano! Si te agarro te aseguro que no volverás a tener ganas de meterte donde no te llaman. ¡Si vuelves por aquí te mataré!

Tufero puso pies en polvorosa. Siguió por el camino de carro de las Cuatro Esquinas y no se detuvo hasta llegar a Mosafat. Entró en el pueblo cortando el aire, igual que si el mundo entero le empujara o corriese el diablo pisándole los talones. Los de la era no volvieron a verle ni a saber nada de él en toda la tarde. Al anochecer le encontraron en el café y se lo llevaron a una mesa apartada. Después de invitarle a beber, él contó lo sucedido.

—Se metía una rama de almendro pelada y yo la miraba callado. La rama no era de las más delgadas. Y yo me arrastraba por la pared, así, veis, con las manos en los bolsillos. Pero no decía nada, yo, estaba callado. Entonces me he querido acercar más y ha rodado una piedra y ella se ha asustado mucho. Ha sido cuando me ha visto y ha querido reblandecerme las costillas con la rama del almendro. Y yo he esprintado, hacia Mosafat se ha dicho. No, no quiero ninguno, de picadura. Os aseguro que he perdido incluso las ganas de fumar.

El susto había sido de órdago. En el café, el relato corrió de boca en boca y durante algunos días no se habló de otra cosa. Y tampoco aquella vez faltó el alma caritativa que fuera a contárselo a Miquel.

—Conste que a mí no me gusta mover chismes y no lo digo por nada, pero eso sí, Miquel, el pueblo habla.

Miquel puso ojos de cordero, la mirada de quien adivina la intención de serpiente venenosa bajo una apariencia de buena amistad, y contestó que él sabía muy bien cómo estaban las cosas en su casa. Pero hacia el final del verano, los vecinos observaron que a la hora de la siesta, Ángela mandaba a Margalideta a jugar con las niñas en la plaza de La Quintana, al otro lado del pueblo. Cuando la hija salía de casa, Ángela subía a la habitación, cerraba persianas y ventanas y se estaba un buen rato con la luz encendida. La apagaba cuando se oía el ruido de una moto por el camino de cabra que iba desde la carretera hasta Son Collera, bordeando brevemente las chumberas y las pitas del corral de la casa de Ángela. A veces, para atajar, el motorista cruzaba los rastrojales de dos particiones y aparcaba junto al pequeño muro que lindaba con el campo en la parte posterior de la casa. Después, nadie sabe por dónde se perdía, el motorista. Y un rato más tarde, gemía el somier. Los gritos y jadeos, prudentes, sólo se oían en voz baja. Hacía falta mantener muy atento el oído para percibirlos. Parecían salir de cavidades bucales amordazadas con pañuelos silenciosos.

Decían que el de la moto venía de Palma y era su chichisbeo. Tiempo atrás la había seducido en el cine de Ribelles y, cuando la tuvo enamorada, lo primero que hizo fue presentarle a un farmacéutico viudo y rico, el señor de Can Randeta, entre Tofla y Son Negre. Ángela y el motorista, de común acuerdo, sorbieron el seso al viejo y le chuparon muchas pesetas. Y cuando le hubieron exprimido como a un limón, le dejaron más solo que la una. La gente hablaba de una escena en un café de la Puerta de San Antonio, porque el boticario quería recuperar un aderezo de brillantes que había sido de su madre y de la esposa muerta. Pero Ángela no podía devolver aquel regalo porque ya no lo tenía. Los brillantes se habían pulverizado en un garito de juego clandestino en la trastienda del Siete Puertas, en una partida de póquer tapado desfavorable al macarra. Y ella —se lo explicaba al manso una y otra vez—, si cató de aquello la gracia de Dios, sólo fue con dos o tres fritangas de chuletas de cordero en Can Meca y algunas ocupaciones en el Hotel Sorrento, de La Soledad. Ángela procuraba hacerle ver que, aun así, había salido bien librado, él, de aquel asunto. Y que el aderezo no era nada comparado con los momentos de frenesí amoroso, cuando el farmacéutico ponía en sus manos montones de escrituras y le decía que todo sería suyo si se portaba bien con él. Tenía un claro proyecto de futuro para ella, el boticario, si Ángela aceptaba abandonarlo todo: marido, hija, macarra, Mosafat y coño samaritano.

—Tú te vendrás conmigo y serás una reina. Una señora serás, tú, con pieles y perfumes, vestidos elegantes y zapatos nuevos.

—Qué perra te ha cogido conmigo —replicaba ella, muy descarada—. ¿No te basta con lo que ya tienes? Pero si tú no estás ya para quemar pólvora en salvas. A ver si por tu culpa mi cariñito se enfada y me pone el culo como un tomate.

Al oírla, el farmacéutico intuía malos vientos de trompadas, entendía que vale más perder que más perder y renunciaba a los brillantes y a todo lo que hiciese falta.

—Tu cariñito es todo un hombre —decía y, al verle llegar, cogía el sombrero y abandonaba la escena diligente.

Muchos domingos Ignacio, el macarra, se llevaba a Ángela de paquete en su moto y no regresaban hasta después de ponerse el sol. La tenía en un burdel de la calle de Santañí y le proporcionaba clientes mientras él jugaba a las cartas en el altillo del café de Apolonia. Al final del día le hacía entregar las ganancias de aquel destajo. Un dinero ganado con la peor humillación del cuerpo sometido. Ella sentía que cada vez vendía su vida. «¡Cómo deseo que se muera, Dios mío! —pensaba Ángela, presa del desespero—. Y mejor aún si se morían los dos. Uno que me dejara lo suficiente para no pasar nunca más apuros y el otro porque, si no se muere, nunca me lo podré quitar de encima. Toda la vida le llevaré cargado en mi espalda, como una sanguijuela. No estaré tranquila hasta que le vea amortajado en una caja de pino y con los pies por delante».

A la hora de la siesta, sin embargo, Ángela le esperaba desnuda en la cama. Y gemía las palabras más soeces y lascivas, bajo su cuerpo:

—Tu carajo y tus cojones son mi vida, soy toda tuya, siempre te daré lo que me pidas, házmelo así, no te pares, no me dejes, no me dejes nunca, quiero ser tu puta, tu esclava, haré siempre lo que tú digas, lo que tú quieras, solamente quiero estar siempre contigo, mi coño es tuyo, mi coño es tuyo, es todo de tu picha poderosa.

Cuando tardaba en escuchar el lejano bramido de la moto, Ángela perdía el mundo de vista y empezaba a pensar cosas raras. Si un día Ignacio la dejaba creía que se moriría de pena. Y si alguna del barrio intentaba robárselo, se veía capaz de sacarle los ojos. Y a él, lo caparía. Nunca más podría desear a otra, pensaba, porque se veía capaz de cortarle los cataplines con una navaja de afeitar. Después de conocer a Ignacio, eran muchos los hombres que habían pasado por el catre de Ángela. Todos los que él tenía a bien suministrarle. Pero no había ni siquiera uno que le hubiese interesado para nada. Ni uno. Follar, lo que se dice follar, joder, tantos como llegaran; esto le daba igual. Pero su hombre era su hombre. Tal vez no fuese el mejor, porque aquellas calles las transitaban machos muy rumbosos y castizos. Pero era el suyo. El único que podía besarla en la boca y hacer que se subiera por las paredes. Con él, sí, se corría. Cuando alguna tarde no había tenido clientes y las cosas se veían venir mal dadas, al regresar Ignacio de la timba con los amigos, sólo con mirarla ella no sabía dónde meterse. Pero cuando todo había ido bien y el farmacéutico y los payeses y los estudiantes le habían dejado algún dinero, qué orgullosa se sentía ante él mientras sacaba los billetes del escote:

—Ten y guárdalos para cuando yo vuelva. Nos los puliremos con una comilona en el Tritón o incluso en El Patio de la plaza Gomila, que es de lujo y todo te lo dan entre terciopelos rojos.

La Mami del burdel, compadecida al verla tan atolondrada y tan inocentota, muchas veces le decía:

—No se lo entregues todo, tonta, que le mal acostumbras. ¿O es que no piensas nunca en tu hija?

La verdad es que pensaba poco en ella. Tal vez nada. Y no sentía ningún remordimiento porque estaba ciega. Después de reanudar sus relaciones con Ignacio sólo veía por los ojos de él, y las escasas palabras que el macarra pronunciaba —pocas, pero incisivas—, eran leyes y sentencias morales en el entendimiento de Ángela. Él era su capricho y no había fuerza en el mundo que pudiera sacárselo de la cabeza de chorlito.

Ignacio le gustaba porque era joven, fuerte, arrogante, castizo. Se peinaba con gomina al estilo Tyrone Power. Y vestía bien, él, aquél, el suyo. ¡Ay!, aquellas corbatas de colores y estampados tan vistosos, ¡ay!, aquellas americanas de grandes cuadros príncipe de Gales o de triangulitos en blanco y negro, pata de gallo. En el barrio todos le respetaban y le rodeaba la aureola gloriosa de haber vivido siempre a costa de las mujeres. Era de los más jóvenes, en el ambiente, y en pocos años de ejercicio profesional había conseguido que se lo disputaran las mejores. Sabía muy bien cómo tratarlas. Él. Y Ángela le había encelado el ánimo sólo con verla, tan sola, tan sola, sentada en un rincón extremo del cine de Ribelles, junto a la pared, sin dejar de mirar a los hombres. Todo lo estaba observando, ella, desde el rincón más oscuro. Aquella misma tarde, después de magrearla a fondo durante dos películas y un No-Do, se la llevó en su moto a una casita de aperos de labranza, en medio del campo. Solamente con mirar la mano de él cuando ponía la llave enorme en la cerradura de la puerta, Ángela comprendió que aquel hombre haría de ella lo que quisiera. Y que se parecía muchísimo al campesino de la vendimia. El de los rizos entre las cejas. La primera vez.

Después de confesarse, Ángela pasó muchos meses sin verle. Huía de él como del demonio y hacía cualquier cosa con tal de no encontrárselo. Los domingos ya no iba al cine y se entretenía haciendo las labores del hogar. Ni siquiera osaba salir de Mosafat. Pero cuando decidió prescindir de los cilicios, toda la sangre contenida se le removió de nuevo. Y alrededor del estanque, bajo la luz de la canícula, la presencia de los hombres y aquel olor lejano que le traía el viento volvieron a quemarla por dentro. Igual que el sol la quemaba por fuera y el agua del estanque no era lo bastante fría para consolarla. Así fue, con el viento solano, como el recuerdo de Ignacio volvió con más fuerza que nunca. Tanto o más que desearle, añoraba su abrazo fatal, que la fundía. Y aquel gesto que la sorprendió al principio, entre exigente y desdeñoso. Después era la locura de unos momentos, cuando se la comía toda hasta devorarla. Le mordía el cuello y le chupaba los pechos, igual que el Conde Drácula en la pantalla. Y la obligaba a hacer cosas —a ella— que nunca había ni siquiera soñado. Hasta que llegó a tenerla completamente en celo y viciada. Y de regreso de todos los arrepentimientos, sin la carcoma que roe la conciencia, volvió a sentir la nostalgia del hombre que hacía vivir su cuerpo y lo encendía. De nuevo anhelaba sentir el peso de Ignacio encima y entre sus piernas. Necesitaba que volviera a morderla en el cuello, en los hombros, en los pezones, en los muslos. Deseaba sentir de nuevo su lengua en el clítoris, que la comiera toda y después que le diera y le diera y volviera a darle. Quería volver a sentirse arrastrada por la fuerza del brazo de un hombre que, desde el primer momento, la había roeado por la cintura y le había dicho: «Ven conmigo». Y sólo con una mirada había comprendido que nunca más volvería a ser la misma. Lo que vino después fue únicamente la lenta aceptación de la voluntad de un macho, el suyo, al precio que fuese. Hasta el punto de llegar a creer que, por no perderle, se habría arrojado de cabeza a un pozo si él se lo pedía.

Cuando llevaba algunos días obsesionada de nuevo con la imagen de Ignacio, él aparcó la moto frente a su casa y llamó a la aldaba de la puerta gris. Ángela contempló espantada cómo el demonio entraba en su casa. La hija estaba jugando en el desván; Miquel trabajaba en el campo, lejos. Aún no acababa de entender cómo osaba presentarse en su mismo hogar, aquel hombre, cuando él, señalando con el índice la cisterna del corral, dijo:

—Tengo sed.

Mientras gemía la polea y llegaba hasta la luz el cubo lleno de agua, Ignacio tomó las medidas del lugar palmo a palmo. Mesuraba las distancias, miraba arriba y abajo hasta que consideró que lo tenía todo bajo control. Después bebió el agua, dejó caer el vaso en la cisterna y con su brazo poderoso enlazó la cintura de Ángela.

—Mi sed no se sacia con agua y tú lo sabes —le dijo, mientras ella se fundía sobre el pecho de él y se restregaba como una gata electrizada.

—Ahora vuelves a ser mío y no te dejaré escapar.

En lo sucesivo todo estaba preparado para recibirle y gozarle. Ya nada importaba, y Ángela se entregó al amor necesario y al placer que sólo podía darle aquel macho, aceptando sin reservas que su alma estaba condenada.

Una vez más, en La Quintana, Margalideta alzaba la vista al cielo pidiendo ayuda. De nuevo el mundo blandía sobre ella el látigo de los errores de los otros, con las bolas de plomo del vacío y el desprecio. Si se acercaba al sol, donde sus amiguitas saltaban con la cuerda, se producía un movimiento automático del grupo y todas cambiaban de lugar porque alguna decía que allí hacía calor —«¿tengo o no razón, Francisca?»—, y pasaban a la sombra. Y cuando Margalideta, sin querer darle importancia, las seguía hasta la otra parte de la plaza, ellas regresaban al sol. Con los ojos llenos de lágrimas miraba fijamente la estatua de san Cristóbal, en lo alto de la pirámide truncada del campanario, y le veía cargado con el peso terrible del niño Jesús, que a su vez cargaba con la bola del mundo. Un día san Cristóbal llegaría a Mosafat y la tomaría en sus brazos para cruzar el Torrente. Después se perderían, hacia la capital o hacia la sierra, y Mosafat, en el recuerdo, sería solamente un lugar donde la habían picado los mosquitos. Desde la uña grande del pie hasta la raíz del cabello. Un lugar que se perdería en la distancia, en los pliegues del olvido de un dolor que nunca más nadie iba a infligirle. Huir de Mosafat. No había más remedio, con san Cristóbal o sin él. Porque si no lo hacía, las picaduras rojas de los mosquitos que mostraba en el rostro nunca llegarían a curar. Y los granitos de las mejillas —la maestra los llamaba «acné» y le había dado una pomada—, iban a dejarle con el tiempo la cara marcada. Como le sucedió a Aina la de Can Morera, que pasó la viruela y el rostro le quedó virolento y después se quedó calva.

De repente el grupo de niñas se hizo más ruidoso, con risas y chanzas, y las palabras injuriosas estallaron encendidas sobre la plaza.

—Mientras la madre se acuesta con un hombre que no es el suyo, todas somos venturosas al guardarle la hija. ¿Qué te parece, salero?

—Buena estoy yo para hacerle de alcahueta a la valiente pájara —replicaba otra, y todas estallaban en grandes risotadas.

La más grandota, queriendo recoger el sentido general del corro, formuló brevemente la síntesis de la cuestión en voz muy alta, que parecía dirigirse a todo el pueblo:

—Puta la madre, puta la hija, puta la manta que las cobija.

Y después murmuraban entre ellas que el más culpable era Miquel, que consentía todo aquello y no lo frenaba, como deben hacer los hombres.

Aquí Margalideta ya no pudo más. Embistió desde el otro extremo de la plaza y cayó sobre la grandota, con las manos como tenazas agarradas a su cuello. Mientras rodaban por el suelo la mordió en una mejilla hasta herirla y brotaron sobre aquel rostro moreno gotitas de sangre que parecían colorete. Después, mientras con las rodillas le sujetaba los hombros, la golpeó muchas veces hasta ponerle maduras la nariz y las orejas. Con una mano abierta la abofeteaba y le daba reveses, mientras con la otra le atenazaba el cuello hasta casi asfixiarla.

—Suéltame, so hija de puta, que me haces mucho daño —decía la grandota.

Y Margalideta, con lágrimas en los ojos, apretaba los dientes:

—No te soltaré hasta que retires todo lo que has dicho.

—¡No lo retiraré! ¡Tú sabes que es verdad!

Las madres, que habían presenciado el desarrollo del altercado, salieron de las casas y se llevaron a sus hijas hacia dentro agarrándolas enérgicas por los brazos.

—A casa volando, que te mataré —decían—, ¡y basta de este asunto!

Y Margalideta, que a punto estuvo de estrangular a la grandullona, había conseguido su retractación. Ahora la miraba gravemente, con las manos aún cogidas a su cuello. Le espetó con ira:

—¡He de verte morir como una rata envenenada!

Después, dejándola en el suelo, se marchó lentamente por el leve declive de la cuesta que bordeaba la iglesia. Parecía caminar a tientas, con los ojos cegados por las lágrimas. De repente sintió un duro golpe en su espalda, como un puntazo. La otra la había alcanzado con un guijarro grande como el puño, entre los omóplatos. Se volvió rápida, Margalideta, y tomando carrera volvió a caer sobre la grandullona. Esta vez le clavó los dientes en el cuello y no la soltaba. Fue cuando las madres intervinieron para separarlas.

—Suéltala, demonio, que la matarás. Mirad cómo la ha puesto.

—No os peleéis de este modo, niñas, que no vale la pena.

—Margalideta no lo dudes, si pone mala cara la que pega, qué hará la que recibe...

Margalideta se deshizo de todas ellas y salió de estampida por el callejón que conectaba la plaza de la Quintana con las escaleras de la iglesia. Parecía correr empujada por todos los pecados del mundo y en un momento llegó hasta el Pozo. Después continuó hacia la derecha, y siempre corriendo dejó atrás el murete curvado de la Media Luna. Corría y corría deseando escapar, vagamente sabía que necesitaba huir, alejarse, pero ¿a dónde ir? Y, más concretamente, ¿qué hacer? Agotada, el cuerpo sudoroso, con llanto convulso y temblando de rabia, se detuvo a la sombra de un mirto. De manera inconsciente, a tientas, cogía moras oscuras de una zarza polvorienta del camino. Y con la mente en blanco, ignorante absoluta del por qué de las cosas, lloraba. Y aquel llanto no podía secarlo toda la tierra en barbecho que la rodeaba.

Vio a lo lejos aproximarse un hombre que avanzaba lentamente sobre una bicicleta negra. Cuando le tuvo cerca comprobó que era su padre. Se abrazó a su cuello llorando y, entre sollozos, con frases inconexas, expresó todo su miedo y toda su angustia. El padre sentó a Margalideta sobre el tubo de la máquina y prosiguió el camino hacia su casa. Pedaleba lentamente y las ruedas avanzaban fatigadas. Con las manos cogidas en el centro del manillar, la niña recibía en el rostro un viento suave del este que le apagaba el ardor de las mejillas y le cegaba los ojos con el polvo del camino. Volvían en silencio, rodeados por el trino de los jilgueros en la tarde y el lejano chillar de los vencejos. El pie sobre el pedal movía el piñón y a cada esfuerzo se oía un leve ruido de cadena y un respirar trabajoso. Los muelles del sillín de vez en cuando gemían.

La pendiente que llegaba hasta la iglesia estaba muy inclinada, hacia arriba, y el ciclista descabalgó. La hija continuaba sentada en el tubo y el hombre, con las manos en el manillar, empujaba la máquina. En las puertas de sus casas, las comadres miraban el avanzar de la bicicleta con el padre y la niña entre las sombras, por la calle Mayor. Miquel saludaba a todos gravemente, con cara triste y malhumorada —«buenas noches», «buenas noches»—, mientras Margalideta permanecía sobre el tubo de la bicicleta, de espaldas a los portales abiertos, fija la mirada en el largo muro desconchado que bordeaba la calle. Dicen que lloraba.

Entraron en la casa, primero el padre, la niña detrás. Margalideta salió al corral y cayó arrodillada ante la tumba del pollito. Rezaba. Miquel oyó rumor de pasos y palabras en el cuarto de arriba. Con gesto intuitivo cogió el látigo de azotar la mula, amarillento el trenzado por el sol y el paso del tiempo, atrancó la puerta con el barrote de hierro y subió los peldaños altos, de mortero de barro, que conducían a la habitación. Él siempre había pensado que la guerra puso punto final a todos sus miedos. Incluso a los más íntimos. El muchacho tímido, débil y apocado, pronto hubo de hacerse hombre, movilizado con los adolescentes de la Quinta del Biberón. Y en el frente, en primera línea, con medio litro diario de coñac en el cuerpo para entrar en combate, descubrió el coraje. Incluso el desprecio de la muerte, en los avances con la bayoneta calada. Bien supo demostrarlo ante El Verraco, cuando aquél llegó a desafiarle. El Verraco, un cabo cabrón como ninguno que amargaba la vida de los soldados en las trincheras. Los galones se le habían subido a la cabeza y acabó hablando solo y en tercera persona, el cabo aquí, el cabo allí, cuando el cabo lo dice. Un día, con todo empeño, quería las botas de Miquel.

—Porque lo digo yo, el cabo, por galones o, si no te gusta, por cojones.

Miquel pensó que no valía la pena ponerle una cara nueva cuando cualquiera de los dos podía no llegar a ver salir el sol siguiente, caído bajo el fuego del enemigo. Tan absurdo como jugarse el café al truque cuatro muertos bajo tierra. Pero Miquel llevaba tiempo observándole. Sabía de qué pie cojeaba, El Verraco, y tenía muy claro que su valor, que a veces incluso podía llegar a ser brutal, residía tan sólo en el coñac. Sin licor era un mierda, un cobarde, simplemente un gallina. Durante un contraataque furioso de la Onceava División de Líster, en el Ebro, El Verraco fue el primero en retroceder. Con tan mala fortuna que topó de bruces con el capitán Riera, cuando éste acudía al frente de sus hombres a intentar poner orden en la desbandada general. Los gritos del oficial pudieron oírse más allá de la tierra de nadie, llegaron hasta las filas enemigas. La indignación del capitán fue de las que marcan época. Hizo regresar al cabo al lugar de donde venía, a punta de pistola, y finalizado el combate, ante la compañía formada, advirtió a todos que, si se hacía necesario, aplicaría los mismos métodos que los rojos habían puesto de moda.

—Oficial, suboficial, clase de tropa o soldado que retroceda un solo palmo, se encontrará con el plomo de mi pistola. ¡Y si conviene me acompañará a conocer el infierno!

No estaba la situación para perder el tiempo en consejos de guerra ni para irse de la lengua con partes por escrito a la superioridad. Los actos de indisciplina o de cobardía se castigaban en el acto, con los medios al alcance de la mano: si era pistola, un tiro; si era machete, un ojal en las costillas.

Como una película vertiginosa, escaleras arriba, cruzó por la mente de Miquel el conflicto con El Verraco.

—Te daré las botas —le dijo— si tienes cojones de venir a buscarlas.

Y más allá de donde el centinela montaba guardia de noche, Miquel avanzó descalzo por la tierra de nadie con las botas en la mano entre dos líneas de fuego. El cabo le seguía, al principio agachado; después, reptando como una serpiente. Miquel le consideraba sólo una víbora que le venía detrás y caminaba con pasos decididos, rápidos. Llegó a sacarle una distancia de más de cincuenta metros. Al llegar al centro del espacio entre las dos trincheras enfrentadas Miquel dejó las botas en el suelo y, con mucha parsimonia, encendió un cigarrillo. Después mantuvo encendida la cerilla de cera amarillenta mientras se consumía.

—¿Qué haces, desgraciado? —El Verraco empezaba a arrepentirse de haber aceptado el desafío—. De aquí no saldremos vivos ninguno de los dos.

—En un ataúd no hacen falta botas —respondió el otro.

Una ráfaga de metralla levantó el polvo a pocos metros de donde se hallaban y algunos tiros de máuser silbaron cerca de sus oídos. La cosa iba en serio. El Verraco se escabulló como pudo hacia la trinchera de los nacionales sin prestar ninguna atención a las medidas de seguridad que aconsejaban reptar. Y Miquel, calzado ya, permaneció inmóvil un buen rato, cuerpo a tierra. Se sabía en peligro de muerte y sentía miedo, pero podía controlar sus gestos y sus emociones. Cuando amainó la ventolera del breve fuego circunstancial volvió a sus líneas con las botas puestas. El Verraco tuvo mala suerte porque el capitán Riera, al tener noticia de lo sucedido, aquella misma noche arrancó los galones de su camisa caqui.

En el rellano de la escalera, ante la habitación, Miquel miró la madera oscura de la puerta cerrada. Se oían murmullos apresurados, voces tenues, pasos de pies descalzos. Cuando de un empellón hizo saltar el pestillo encontró a Ángela desnuda en el lecho. Se asomó a la ventana y vio a un hombre que corría en pelota viva y picada sobre los rastrojos, con los zapatos puestos y un gran pañuelo en la mano anudando otras prendas. Llegaba hasta una moto, la ponía en marcha y con gran estrépito del acelerador empezaba a correr en zigzag sobre los rastrojales, como si le empujara la furia del averno. Dicen que no se paró a vestirse hasta dejar atrás Sant Jeroni y las campesinas le vieron cabalgar desnudo en su pequeña Guzzi a través de los campos. Una estampa de las que no se olvidan, el macarra en cueros sobre la moto a todo gas cruzando los rastrojales hacia la carretera. Sobre la piedra de mármol del comodín había dejado un medallón de oro con su nombre y el de Ángela en el reverso.

Con todas las evidencias al alcance Miquel se lamentaba del cielo que sólo tenía el relámpago como furia máxima. Ángela, mientras tanto, había bajado de la cama y se arrodillaba a sus pies, pedía perdón, se arrastraba a sus pies, juraba que no volvería a hacerlo.

—Yo sólo te quiero a ti, Miquel, a ti y a la niña.

Él la vio llorar y no supo distinguir si era de miedo, de vergüenza o de rabia. Lentamente, Miquel se sintió invadido por una oleada de odio, de desprecio. Odiaba el llanto de Ángela, sus palabras, su miedo. La despreciaba porque sabía que mentía al decir que le amaba. Ante ella experimentó el asco. El cielo sólo tenía el relámpago, pero se miró las manos y notó cómo apretaban con fuerza la fusta de nervio trenzado. Ángela a sus pies, desnuda, ocultaba el rostro detrás de su larga cabellera. Y de repente, el cerebro en blanco, su brazo se descargó con fuerza sobre la piel de Ángela. Le azotaba el cuerpo todo, la espalda, los muslos, las nalgas. El vergajo silbó en el aire muchas veces, más violento que contra las bestias. Ángela, bajo el alud de los latigazos, callaba, el cuerpo y el pensamiento endurecidos, toda ella ausente, lejos de la injuria de tanta violencia desatada.

—¡Perra borde, puta! ¡No entiendes otro lenguaje que el de la leña!

Vergajo va y vergajo viene, el látigo se rompió contra la madera de olivo del alto lecho. Ciego y espantado ante su propio horror, Miquel salió de la habitación y bajó las escaleras como un relámpago. Ahora su cerebro se llenaba con las palabras restallantes del padre: «Cuando un hombre pega a una mujer pierde la razón, si es que alguna vez la ha tenido». Echó a correr campo a través, hacia la Sierra.

Desde su carne dolorida, Ángela gimió quejumbrosa durante largo rato. La había puesto morada. «Este hijo de puta me ha hecho daño. El muy cornudo, burro y cabrón. Hay que ver cómo me ha puesto, pero se acordará de mí. Aún no sabe la que soy capaz de armarle». Se vistió a toda prisa, montó en la bicicleta y salió esprintando hacia Ribelles. En la farmacia, don Andreu la curó con alcohol alcanforado y tintura de yodo. Y hecha un Lázaro, Ángela se presentó con el boticario en el puesto de la Guardia Civil. A cada momento se levantaba las faldas, ella, para enseñarle al sargento los morados en los muslos y las nalgas.

—Mirad bien qué me ha hecho, este malvado. Hay que verlo. ¿Eso está bien? Yo quiero denunciarle y que se ponga a correr ante un juez que decida. ¿O no veis que si no cualquier día puede matarme?

El sargento la escuchaba atentamente mientras se retorcía un bigote largo y descuidado. Sabía perfectamente quiénes eran Ángela y Miquel. Y no digamos nada del farmacéutico, tiempo atrás más conocido como el Desvirgador. Por ello no le parecía del todo aceptable la versión que había venido a venderle aquel culito de mal asiento.

—Yo lo que veo es que no me contáis del todo bien la historia, mujer, casi como si quisierais tomarme el pelo. Y esto, con una autoridad, no se hace. Jurad que no. Hala, bajaos las faldas que podéis coger un resfriado y yo ya he visto más de lo necesario.

Aquí Ángela se quedó de piedra. Era la primera vez que un hombre no trotaba para mirarle los muslos y las bragas. Pero el sargento no perdía de vista al farmacéutico. Le miraba con tanta insistencia que éste se vio obligado a explicarse.

—No, sargento, que yo no tengo nada que ver en el asunto podéis escribirlo. Esta mujer ha venido a la farmacia a curarse las heridas y yo lo he hecho como mejor he sabido. No tengo nada más que decir, sargento, las cosas claras.

El guardia civil conocía lo bastante a don Andreu para ver con transparencia que en todo lo que decía no se respiraba ni una sola palabra de verdad. Mucho marro había allí, pensó, para burlar el empapelamiento. Pero sin duda la mejor para aclararlo todo era la misma Ángela. Y a boca de jarro le espetó:

—Como hay Dios que me ocultáis algo, mosafatera.

Aquí Ángela ya no pudo contenerse por más tiempo y cantó el credo.

—Sí, señor sargento. Es verdad que me ha encontrado con otro y me lo ha hecho pagar. Por la Sangre Preciosa de Jesucristo que es cierto. Pero ese hombre ha hecho destrozos. Mucho daño me ha hecho, ¿o no veis cómo me ha puesto? Si voy hecha una lástima, de esta suerte.

El sargento reflexionó largo rato mientras liaba y encendía un cigarrillo con parsimonia. Sus ojos se empañaban con las volutas de humo de un tabaco Gallina Blanca que apestaba. En la pared con telarañas, enjalbegada de mala gana, un retrato de Franco en verde oliva contemplaba la escena al sesgo, con gesto patriarcal y salvador. En un rincón del pequeño despacho, polvorienta y apolillada, se presentaba ante los ojos de Ángela la bandera de España que parecía presidirlo todo como un símbolo cubriendo de damasco los silencios. No era una historia habitual en la comarca, aquella efeméride. El sargento lo sabía. La zona sólo se alborotaba una vez o dos al año cuando alguien, por supuesto gitano y de otra villa, robaba una gallina de un corral y otro, generalmente forastero y procedente también de algún pueblo cercano, se emborrachaba de vino malo en los cafés del pueblo. Los cuernos, sin embargo, tan murmurados en la vida cotidiana, nunca llegaban a mayores. No transcendían hasta las esferas del orden y la autoridad. No porque fuesen lisas las frentes de los patriarcas, bien lo sabía el sargento y tenía muy controladas a la media docena corta de mujeres hechas y derechas o jóvenes casadas que iban por el mundo con la entrepierna inquieta, caprichosa y antojadiza. Incluso el caso de Ángela, algo apartado de su jurisdicción, no venía a caerle en saco roto. Tomeu de Can Mora, un balarrasa, convenientemente ayudado por el aguardiente y las hierbas de Llubí, le había contado algunas cosas. Otros campesinos de Mosafat le habían confirmado la historia con pelos y señales. El sargento sabía incluso quién era Ignacio, el chichisbeo, buena pieza, por cierto, muy conocido en la Secreta por cuestiones de proxenetismo y contrabando. Para vivir en paz el sargento prefería que no se acercase a Ribelles un personal de tal jaez. Por ello mandó a uno de sus hombres vestido de paisano a provocarle abiertamente ante todos en el mostrador de un café del pueblo. Le llamó macarrón y le acusó de chupar como un vampiro la sangre de las desgraciadas. Y remató su discurso o letra de batalla con un proverbio muy conocido en los pueblos de Mallorca:

—Si no hubiese alcahuetes, no habría putas.

El chichisbeo tomó buena nota y procuró no dejarse ver más por Ribelles; pero había seguido haciendo de las suyas en Mosafat. Y el sargento, ahora que por fin tenía ante él a la famosa Ángela Trecatrec, hacía esfuerzos por completar mentalmente el rompecabezas.

—Mirad —le dijo—, si queréis poner la denuncia podéis hacerlo, nada lo impide y yo estoy aquí para aceptarla y tramitarla. Si me preguntáis el parecer ya es otra cosa muy distinta. ¿Qué sucede? Muy sencillo, mujer, que vais a salir vos perdiendo, de arriba abajo y sin paliativos. Aquí, en este país, las leyes aún las hacemos los hombres —tocó madera, el sargento, al decir esto— y vos habéis metido la pata hasta la ingle. Sí, ya veo que os han puesto buena, de moratones en la piel. Pero vos sabéis que no habéis hecho bien las cosas, vamos, que no os habéis portado bien, y el juez se dará cuenta enseguida. Hala, volved por donde habéis venido y no hagáis más tonterías, que ya no tenéis edad para hacerlas.

Ángela y el farmacéutico ya salían del despacho poniendo cara de circunstancias cuando el sargento les detuvo con voz segura.

—Y hay algo más, también importante, don Andreu. Si usted quiere ayudar a esta mujer, llévesela lejos de Mosafat una buena temporada, que si este asunto viene mal dado el marido tiene cojones de matarla. ¡Aquí hay motivos de sobra para hacer un disparate! En Palma, coño, móntele una casa, o lo que sea. ¿Qué más quiere que le diga? Y, sobre todo, no vuelva por aquí a cabrearme con asuntos de alcoba y querindangas. ¿Nos hemos entendido, don Andreu?

—Nos hemos entendido, sargento —dijo el farmacéutico.

—Así me gusta —remató el civil—. Y ahora, que ustedes lo pasen bien.

Aquella misma noche don Andreu se llevó a Ángela a Palma en su coche y la instaló en un chalecito que tenía por Son Armadans, a la altura de Son Alegre. El destino le ponía al alcance de la mano el motivo constante de su obsesión. Ángela entera y toda para él solo. Sin marido, sin hija, sin chichisbeo. En otro tiempo, bien lo sabía él, habría sabido cómo hacérsela suya mucho antes, contra todo y contra todos. Caballo cuando eras joven tú bien trotabas peinado. Pero el tiempo no transcurre en vano. Ahora, escuálido y vetusto, ya no puedes ni correr. Sin embargo, era de Dios que Ángela llegara a ser suya y finalmente la ley se había cumplido. Don Andreu estaba que no cabía de gozo en su cuerpo con la nueva situación. Ahora podía bajar a Ciutat, como se decía en los pueblos, y tenerla en la cama de su propia casa cuando quería. «¡Qué mujer eres —le decía—, qué mujer!». Y con algo de tiempo para dedicar a su pasión discreta y cuatro duros en el bolsillo para tenerla contenta, el sueño se hacía realidad.

Ángela también comprendió rápidamente cuál era la nueva situación. Con su inteligencia despierta y una gran intuición telúrica y campesina, cerró la puerta que la llevaba hacia el desastre y decidió empezar una nueva vida. Podrían crucificarla con su verdad de haber respetado siempre, contra viento y marea, el chalecito del boticario. Muy claro tenía que una casa como aquella —de cine—, no existía en todo Mosafat. Ni tampoco fuera de Mosafat era algo que se viera todos los días. Se parecía a alguna de aquellas casas de las películas americanas, pero fuera de la pantalla y con la llave en su bolsillo. Por este motivo disfrutaba de muchas horas escuchando la radio tras los ventanales apaisados. Y los pocos encuentros que tuvo con el chichisbeo, para dar una explicación coherente de lo sucedido, fueron el punto final de una época turbulenta. El macarra, convenientemente beneficiado con los billetes del farmacéutico, prometió solemnemente dejarla en paz. Y con un romanticismo depurado, edelweis o grandalla de los barrios bajos, soportó con estoicismo que el otro la paseara con pieles y vestidos, perfumada con Tabú, por Can Vallés y el Trocadero. Con todo, la risotada de don Andreu cuando había bebido champán era una punta afilada que le hurgaba el corazón y ponía a prueba su paciencia. Por ello, lo mejor que se le ocurría hacer al verle reír, era levantarse y cambiar de aires.

En Mosafat, todos aconsejaban a Miquel que le mandara la pareja de los civiles para hacerla regresar. Pero Miquel no tenía ningún interés en volver a verla. Con su escapada, Ángela le había liberado de un gran peso. Una carga de culpabilidad que, de otro modo, le habría acompañado hasta la tumba. Ahora podía reencontrar, en el fondo de su pensamiento, la imagen de Coloma, que nunca le había abandonado.

Dicen que el amor primero
deja una raíz en el corazón.

Sin darse demasiada cuenta, Miquel cerraba una etapa de su vida para ir al encuentro de otra época vivida mucho tiempo atrás. Sabía que para ser feliz nunca debió casarse con Ángela y, al mismo tiempo, empezaba a sospechar que no existen mujeres necesarias, si no son las muertas. Un día Margalideta le preguntó:

—¿Y ella, cuándo volverá con nosotros?

Miquel miró por la ventana, lejos, donde el horizonte del campo se hace montaña azul y se confunde con el cielo. La mirada se le nubló con una sombra, mezcla de ternura y tenacidad.

—Cuando quiera portarse bien —contestó a la hija—, pero por ahora no quiere. Se siente mejor donde está.

Con el tiempo la historia se convirtió en leyenda. Decían los mozos que, más allá del kiosco de refrescos, pintado con polvos mágicos, azules, más lejos de la arboleda que enlaza Mosafat con Ribelles, muchos domingos la veían, al ponerse el sol. Ángela Trecatrec del Torrente de Mosafat se ocultaba tras los olmos plateados para observarles sin ser vista, para espiarles, vestida con aquellas faldas de colores vivos que siempre la habían diferenciado del luto eviterno de las mosafateras. Hablaba sola por los caminos y decía cosas soeces y lascivas a los jovenzuelos que empezaban a sentir atracción por las mujeres. Y las parejas que se ocultaban en el pinar minúsculo, a dos tiros de honda de la carretera, para amarse en el monte bajo envueltos en aromas de mata y tomillo, estaban seguros de haberla visto. Se paseaba desnuda por la colina y vigilaba sus gestos y sus palabras, oculta entre los matorrales. Pero nunca se lo dirían a nadie del pueblo ni de fuera de Mosafat. Era un secreto entre ellos dos, muy suyo, incompartible. Si un día los otros llegaran a saberlo, Ángela Trecatrec dejaría de existir. Y Mosafat se vería despoblado, destruido, aniquilado por unas fuerzas ciegas. Jamás se volvería a oír la tonada moruna del trabajo de trilla en las eras, exactamente al pie de la sierra de Tramontana. Los jóvenes abandonarían el campo para aprender a trabajar de camareros en el litoral o en Ciutat. Algunos llegarían más lejos y entrarían con el sonar de las sirenas en las abrumadoras fábricas de Alemania. Y las mujeres envejecerían marchitas soledades, herrumbradas como rosas de negros pétalos, deshojadas al pie del altar de San Cristóbal. Muy pronto la historia de Ángela sería un romance popular impreso en pliegos de cordel, transmitido de boca a oído por mujeres jóvenes y viejas que lo entonaban encorvadas sobre los mundillos con encaje de bolillos y los tambores de bordar. Después, con acompañamiento de acordeón, llegaría a cantarse en las tabernas portuarias de la isla y más allá, siguiendo todas las direcciones que señala la rosa de los vientos, en todos los puertos del Mediterráneo. De este modo Ángela entraría triunfante en los dominios de la historia bella, convertida en protagonista de una leyenda fantástica que acaba bien. Porque la verdad profunda de los hechos, sólo conocida en Mosafat por los hombres, era que aquella mujer jamás existió.

Palma, marzo-abril de 1986

Epílogo

Un alma errante en un desierto iluminado con caligrafía fluorescente

Por Juan Pedro Quiñonero

El Jaume Pomar narrador no es el más prolijo de todos: quizá sea el más secreto, el más atormentado, el más atroz, quizá incomprensible plenamente sin conocer a los otros.

El Jaume Pomar traductor es un *flâneur* que frecuenta distintas lenguas con cierta elegancia distante, deteniéndose aquí o allá, al azar de encuentros no siempre accidentales, para apreciar, calibrar o aquilatar los matices y estilos cuya frecuentación, voluntaria o profesional, le permite enriquecerse con la fragancia, los usos o la incertidumbre que vienen de otras lenguas.

El Jaume Pomar estudioso y biógrafo es fiel memoria de sus personajes (Villalonga, Raimon), a quienes sirve con cariño y generosa simpatía. Aunque, por momentos, el estudio, el ensayo o la biografía estricta también son transparentes máscaras de ciertos pasajes autobiográficos.

El Jaume Pomar poeta, el más conocido, prolijo, visible y esencial, tiene raíces muy hondas que se pierden en los elegíacos romanos (Catulo, Propercio), cierta prosa poética italiana (Pavese), mucha poesía castellana de la generación del 50 (Gil de Biedma, Barral, Caballero Bonald), sin olvidar los grandes maestros catalanes que culminaron con Gabriel Ferrater. Cada una de esas tradiciones posee una historia y devenir propios, no siempre paralelos, para cruzarse en un nuevo mestizaje en la obra de Pomar.

Mestizaje verbal, cultural, no exento de riesgos, dolor, amargura y desertización del alma: esa identidad muy rica en raíces, tradiciones y proyectos, también conoce, se enriquece y sufre de los conflictos, hiel y dolor de tantas esperanzas fallidas, utopías muertas y triunfo temporal de lo malo, lo feo y lo injusto, reverso endemoniado de lo bueno, lo bello y lo justo, cuando todavía quedaba una esperanza para *aquesta pàtria assassinada [Imatge de la por,* xxxv] y estaba bien presente la profecía: ... *Fruitaran les paraules / i els arbres; una vida / nova comença [Tota la ira dels justos,* poema final].

Persiguiendo en soledad las quimeras de un mundo ido, o difunto, aunque bien presente en las entretelas del alma de un hombre solo y fiel a todas las cosas donde se fundó su vida, el Pomar narrador abandona a uno de sus personajes al borde del precipicio: allí donde la vida misma se convierte en una pesadilla atroz, quizá porque el reloj que marca las horas de aquel mundo perdido está animado ahora con el *moviment* [sonámbulo] *de les agulles invertit.*

Ese viento de locura azota y se lleva sin destino conocido las frágiles hojas del alma de un hombre solo y en pena, que quizá pierda la cabeza, por momentos. Camino de ninguna parte, ese hombre habla solo y discurre en varias lenguas coloquiales, tocando su atormentado discurso con palabras que brotan de un manantial endemoniado.

Ese hombre sufre y sus palabras nacen de las distintas capas geológicas de su conciencia, los arrabales coloquiales de un mallorquín caído de hinojos, por momentos, en la tierra de nadie de la germanía donde se cruza el habla de muy distintas clases de seres perseguidos por el infortunio y el dolor, del chueta sin descendencia al hombre descarriado en los arrabales prostibularios.

La suya es la historia de un alma en pena, sufriente. Pero ese hombre vaga errante en una tierra esquilmada, cuyas raíces a la intemperie agonizan en un desierto urbano colonizado por el turismo y la caligrafía fluorescente: Mallorca.

París, enero de 2007

El relato *Un día u otro acabaré de legionario* está dedicado a Guillem Frontera.

El casi pastiche villalonguiano *Yo te retiraré, Carmela*, va dedicado a la memoria de los hermanos Miguel y Lorenzo Villalonga.

Adulterio en Mosafat lo dedico a mi hermana Elvira Pomar, que identificará todos y cada uno de los rincones de Mosafat.

J. P.

Índice

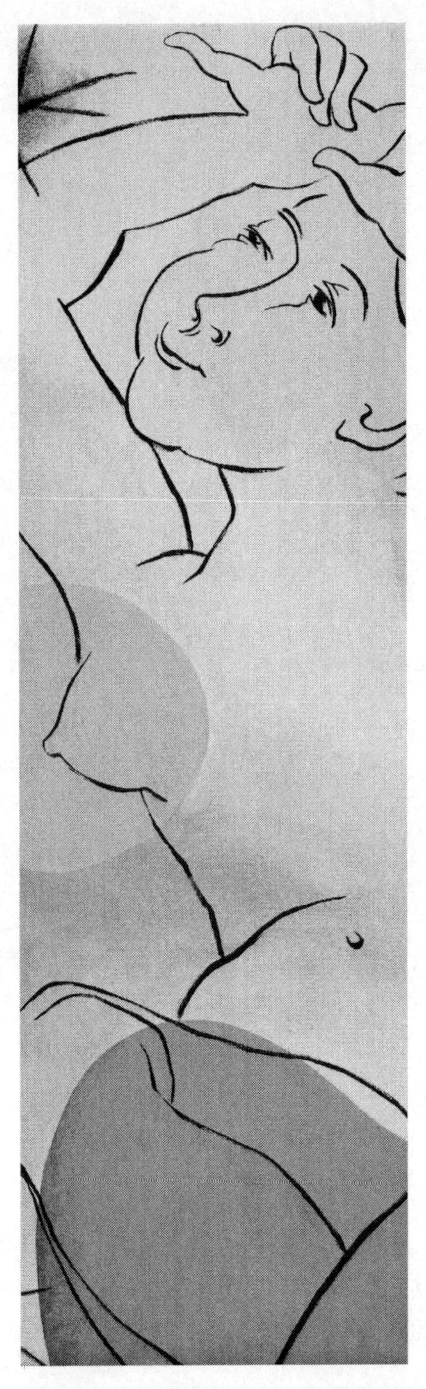

ESTA PRIMERA EDICIÓN
EN CASTELLANO DE

Un día u otro acabaré de legionario

DE
JAUME POMAR

SE ACABÓ
DE IMPRIMIR
EN SEVILLA
EL DÍA
15 DE JULIO
DE
DOS
MIL
NUEVE

La traducción y la edición de estos libros
cuentan con el apoyo del

Imagen de cubierta: Malabarista de Estrellas, Cristina Escarpe (2006)

Primeria edición en catalán: Un dia o l'altre acabaré de legionari

Edicions Columna, 1988

Primera edición en castellano: Calambur, 2009

c/ Maria Teresa, 17, 1º d. 28028 Madrid. *Tel.* 91 725 92 49. *Fax:* 91 298 11 94

calambur@calambureditorial.com - www.calambureditorial.com

i.s.b.n.: 978-84-8359-171-0. *Dep. legal:* SE-4162-2009

Preimpresión: Calambur. *Impresión:* Publidisa

Impreso en España — *Printed in Spain*